I0762461

Una mano invisible

Piña · Mal de altura

GONZALO MAIER

Una mano invisible

Piña · Mal de altura

RANDOM HOUSE

Papel certificado por el Forest Stewardship Council®

Primera edición: junio de 2025

Printed in Spain – Impreso en España

ISBN: 978-84-397-4580-8
Depósito legal: B-6.388-2025

Impreso en Huertas Industrias Gráficas, S.A.
Fuenlabrada (Madrid)

RH45808

Índice

PIÑA

Vivo mal. Vivo opacado,
como dentro de un preservativo.

VÍKTOR SHKLOVSKI

Los días previos a su escape fueron parecidos a una resaca larga y pegoteada. Horacio Piña no podía —tampoco lo intentaba con muchas ganas— diferenciar dónde terminaba la noche y dónde comenzaba la mañana. Era un solo bloque temporal del que recuerda muy poco: su cama a medio hacer, un calor seco, duchas largas y con demasiado jabón, la página web de una aerolínea, doce botellas de cerveza, media de gin, seis bolsas de ravioles Giovanni Rana, vueltas y más vueltas sobre la cama, dolores de cabeza, seis pastillas de clotiazepam, una barba que cada vez que veía en el espejo del baño se prometía afeitar sin llegar a hacerlo, una cuenta en Instagram que revisaba cada quince minutos, y más ravioles.

Al parecer no era poco lo que recordaba, pero sí era de sobra confuso como para tomárselo en serio. Tal vez por eso, y para terminar de una vez por todas con la sensación de mareo existencial, decidió hacer algo útil: adelantó el viaje —los cuatrocientos veintisiete euros que pagó de multa subrayaban su desesperación— y partió de vuelta a Alemania.

A Berlín, en realidad, que poco se parece al resto de Alemania.

Esperaba que las cosas mejoraran con la distancia y la seguridad de estar en casa. No se le ocurría otra forma de huir del fantasma que, desde hace semanas, lo perseguía con una curiosa fidelidad por las calles de Santiago. Imaginaba que al momento de subirse al avión desaparecerían el sudor frío y esa sensación de pesadilla idiota a la que se estaba acostumbrando. No era un fantasma metafórico, sino uno clásico, convencional y de la vieja escuela, una muerta que de repente volvía a este mundo como si nada hubiera pasado. Un fantasma de carne y hueso, dijo más de alguna vez Piña. Su plan era sencillo: confiaba en que después de aterrizar, la rutina, de a poco, haría su trabajo. Cada vez que conversara con Coco, su polola, o con la mujer que atendía la cafetería a la que solía ir a trabajar todas las mañanas, con cada salida al cine o a comprar pan, ese episodio delirante iría quedando atrás, se diluiría en una nube difusa, medio irreal, del todo lejana, hasta convertirse en una pesadilla común y corriente, una de esas que no permiten dormir, que agitan la mañana de cualquier persona sensible, pero que se olvidan al mediodía (o, con algo de suerte, durante el segundo café).

Para septiembre, casi medio año más tarde, Piña ya tendría un proyecto en mente y esos recuerdos borrosos terminarían enterrados bajo el peso de la normalidad. Tal vez, con algo de esfuerzo, sólo recordaría unos días afiebrados y extravagantes, no mucho más.

Quedarse con un —y sólo un— proyecto no era algo fácil. Le costaba saber cuál de todas las ideas que le dictaba a Siri —en voz baja, con el teléfono cerca de los labios y la mirada fija en un punto indefinido del horizonte, como si le susurrara instrucciones detalladas e inequívocas a un aprendiz— sería la escogida, pero a la larga una maduraba y se volvía visible. Concreta. Consistente como cualquiera de esos edificios que estaban del otro lado de su ventana, en Neukölln, un barrio al que se acostumbró muy rápido. Los edificios pareados y viejos, que cada tanto se interrumpían por un peladero, le provocaban una tranquilidad que no terminaba de entender, pero que disfrutaba desde que se mudó. Eran viviendas proporcionadas, meditadas, tranquilas. Gracias a esa realidad en extremo tangible —en Neukölln compartía un departamento con Coco y Tita, una perra negra, grande y vieja, y, seis cuadras más hacia el canal, una cafetería con otro montón de artistas sin plata suficiente para arrendar un estudio, que estiraban sus cables y computadores sobre mesas largas, de madera, junto a platos llenos de migas y una música electrónica tan minimalista que apenas se escuchaba—, gracias a lo concreto de ese lugar, entonces, podía pensar en sus abstracciones. Una, dos, diez ideas: las maduraba con calma en su cabeza, se las detallaba a Siri sin ahorrarle detalles, las medía, las pesaba, intentaba no gastar energías en nada que no fuera a terminar. Esa es una de las primeras cosas que aprenden los artistas: lo que no se termina, termina contigo. Así, después de un tiempo, y tal como en una carrera de espermatozoides, por pura selección natural, una triunfaba: la idea.

El arte contemporáneo para Piña era así de platónico. Un mundo de sombras que remitían a otra cosa: a la belleza, por supuesto, pero no a la belleza de las cosas, sino de las ideas. Porque ellas también pueden ser bellas y a eso se dedicaba él. A pensar ideas como un viejo maestro proyectaba sobre una tela escenas religiosas —Moisés pisando la corona del faraón, por ejemplo— o un paisaje somnoliento del centro de Chile, con las montañas al fondo y una casita solitaria en medio.

Igual la descripción está bastante idealizada porque, en la práctica, Piña, sus amigos, sus compañeros de cafetería e incluso Coco, que pintaba con cierto éxito retratos de mujeres —y nada más que mujeres— del barrio —y nada más que de su barrio—, en realidad se dedicaban a llenar formularios y a entregarlos antes de la fecha límite, que marcaban cuidadosamente en sus agendas; a describir en detalle proyectos todavía no realizados, a postular a becas y fondos públicos o privados, a enviar correos con decenas de archivos adjuntos a residencias en Bombay o en Cartagena, a pedir cartas de recomendación a conocidos y a no tan conocidos, a proponer obras revolucionarias que, con algo de suerte, serían financiadas por bancos o multinacionales, a imprimir muestras de sus trabajos y recortes de prensa donde aparecieran nombrados aunque sea en una miserable línea, a seguir en cada una de las redes sociales a los treinta o cuarenta tipos que determinan no sólo qué vale la pena del arte contemporáneo, sino qué es lo contemporáneo e incluso el arte. Piña, tal como buena parte de sus conocidos, por algún motivo necesitaba viajar, moverse, escapar de su país, que sus obras estuvieran al mismo tiempo en una bienal en Buenos Aires y en una exposición en Lichfield o en Dodoma —él era parte de una casta nueva que mediaba entre el turista y el artista—, y para eso debía llenar más papeles, enviar más correos, mantener una huella de carbono inmensa y sonreírle a más y más gente. En la práctica, ser artista contemporáneo no era la culminación de una vocación romántica y artesanal, sino un trabajo con una burocracia y una precariedad que nunca sospechó, pero él no se lo cuestionaba demasiado porque intentaba estar a la altura de sus ambiciones.

De paso, y como quien no quiere la cosa, ese papeleo interminable también le podría servir para olvidar que, durante varios días, y sin que pudiera explicárselo, un fantasma —un espíritu, un fiambre, una finada (no tenía claro ni comprendía del todo las diferencias entre una y otra categoría)— lo persiguió con esmero y dedicación por las calles de Santiago.

Piña prefería entrar solo a los museos y a las galerías. Por lo general caminaba lento, casi con sospecha, intentando no pasar nada por alto. Hacía como los gatos: miraba de reojo una obra y como no entendía mucho, se movía al otro lado. A veces tampoco se le ocurría gran cosa y se paraba justo en frente. Interrogaba esas piezas y, ante cada una, se preguntaba: ¿esto que estoy mirando es arte? ¿Quién lo dice? Ah, el cartelito que está a un costado, con una fecha y un nombre propio. También un título que, muchas veces, es «sin título». ¿Lo mío tiene cartelito? Claro, es arte, entonces. ¿Soy un artista? Supongo que sí porque mi nombre aparece en un par de cartelitos, pero si lo soy, ¿por qué no me lo parece? Piña se preguntó lo mismo en el Malba, frente a la sección de arte en la librería del CCCB, en el Bellas Artes de Santiago, en una galería montada a la rápida en un edificio vacío en Valdivia y quién sabe en cuántos lugares más.

Caminar por los pasillos de cualquier exposición para Piña era una forma de alegría extraña. Por un lado, tenía la sospecha de ignorar algo que sí conocían los apellidos que brillaban en esos lugares y, por otro, sabía que los nombres daban lo mismo, que mandaba el lugar y no la obra. Sabía que si su tía abuela meaba contra una pared del MAC y a un costado alguien colgaba un papel con un título y su nombre, ella sería —caso cerrado— una artista. Eso lo aligeraba. No era un mal panorama. El problema de Piña, en otras palabras, era filosófico, estético e incluso religioso. Necesitaba creer que lo suyo era arte.

No es raro que las galerías y los museos sean templos contemporáneos dedicados a la opulencia —como casi cualquier templo— y a la introspección, que es lo que hacía, precisamente, Piña en esos lugares. Aunque dicho así es un poco exagerado porque también le parecía cómodo ir y almorzar en la cafetería de cualquiera de ellos, o protegerse de la lluvia, o pagar la entrada sólo para ir al baño porque son espacios seguros e incluso más: conocidos. Basta visitar un par para haberlos visitado todos. Los museos del mundo son como la Virgen María, pensó Piña la primera vez que salió del MASP, que se puede aparecer bajo la forma de la Virgen de Andacollo, la Virgen de Quito o la Virgen de Fátima, pero siempre, más allá del nombre o del lugar, es la misma porque Virgen María, ya se sabe, hay una sola.

Meses antes de sus encuentros fantasmales, cuando la vida le parecía normal e incluso predecible, se le ocurrió una idea. La sopesó con seriedad, con dignidad —la midió al ojo como un carpintero con cierta experiencia— y, al final, después de darle muchas vueltas, de explicársela a Coco cuando él todavía estaba en piyama y ella pintaba a la vecina del piso de arriba en una tela grande que tenía en el comedor, concentrada, sin tiempo para levantar la cabeza ni mirarlo a los ojos, se decantó por esa, la que parecía más sensata. Ni siquiera la mejor, sino la que podría resultar dado el contexto (el poco tiempo que le tomaría, su falta de plata y la necesidad, más o menos urgente, de exponer algo para no volverse invisible y desaparecer): haría un video con su iPhone. Filmaría escenas de ida y de vuelta al trabajo: vitrinas, nubes, adoquines, neumáticos, caca de animales, cualquier cosa que se le cruzara por delante y una voz en *off*, que debería ser la suya, leería fragmentos de su diario de inmigrante.

Por un lado, la voz y, por otro, la imagen.

Lo ideal sería que ambas no coincidieran del todo, que quedara un ruidito flotando en el aire, que algo chirriara.

Fue una idea repentina, como las buenas que había tenido. Un martes cualquiera, después de pasear por el parque con Tita, mirándola correr en círculos alrededor de un árbol, en una coreografía que le resultaba incomprensiblemente perfecta, en una armonía cósmica con el resto de los perros, que hacían algo parecido, y acaso con la naturaleza, Piña cayó en cuenta de que era un inmigrante, que estaba fuera de lugar, que su presencia en ese parque era pasiva y acaso distante, que lo miraba todo desde otro lado, aunque no sabía muy bien desde cuál, y le pareció que estaría bien retratar el tercer mundo del arte, en particular el de los artistas latinoamericanos —o del sur global, como le decía últimamente— que casi nadie atiende: sus voces marginales, su incapacidad para llegar a las galerías correctas, para ser vistos, para salir del subdesarrollo artístico y acceder a ese sitio reservado para los ingleses, los australianos o los coreanos. En resumen, retrataría con el teléfono su ida y vuelta a la cafetería como un artista inmigrante.

Hasta hace unos días, él no se consideraba tanto un inmigrante como un turista o un viajero —un cosmopolita, incluso, aunque no se atrevía a decirlo en voz alta— y el descubrimiento le pareció radical. Lo puso feliz, pero de un modo extraño. Con dos o tres pizcas de culpa. Estaba en desventaja, y eso le parecía lindo, hasta folclórico. En su país nunca había estado expuesto a nada que lo pusiera en peligro, pero, sin quererlo, por una voluntad demográfica que estaba más allá de él, de pronto era vulnerable. Alguna vez, supone que en la Hamburger Bahnhof, pero nunca estuvo seguro porque había fumado más marihuana de la que estaba acostumbrado, vio un lienzo grande que colgaba del techo y decía que para ser un artista internacional, o un artista a secas, había que serlo en inglés y tal vez como un gesto algo irónico, pensó, podría leer los fragmentos de su diario de inmigrante en un inglés mal pronunciado, sin preocuparse por los errores gramaticales, incluso, para acentuar la marginalidad.

El único problema era que no tenía un diario de vida ni se sentía inmigrante —pensó varias noches en esto último, ¿por qué no se sentía inmigrante?, y la respuesta fue contundente: porque no trabajaba como el resto, porque se creía o se sabía parte de una casta distinta: más ligera, más hermosa, incapaz de ser tocada por las leyes laborales y los horarios de los asalariados; porque podía volver, o eso creía, a la seguridad de su país cuando se le diera la gana—, pero tal vez eso ayudaría a ver la obra con más distancia, a juzgarla desde fuera. Pensó que con algo de suerte la podría exponer en lo de Wolfgang Tillmans, una galería chica y eficiente en Charlottenburg, que quedaría muy bien en su currículum, que luego la podría llevar a la Galería Gabriela Mistral, pero de eso se preocuparía más adelante. Tenía un proyecto más o menos sensato en mente y cuando pasa eso, aprendió apenas conoció a Coco, lo mejor es ponerse a trabajar.

Hizo lo que pudo, que ya es bastante. Sobre todo si se toma en cuenta de dónde venía. ¿De dónde? De allá arriba, de esos pueblitos que están a los pies de la cordillera de los Andes, cerca de los centros de esquí, del aire puro, de los colegios caros y de la bendición divina. Es cierto que esa es una indicación geográfica y social muy amplia, que esas generalidades tan brutas siempre esconden injusticias. Santiago es grande. La vida también.

Algunos detalles, entonces: a fines de los setenta, que es cuando nació, su padre importaba autitos de juguete desde Taiwán y Estados Unidos. Eran lindos: cambiaban de color dependiendo del calor, o de cuánto se los apretara con las manos, incluso sólo con el aliento, pero en el colegio lo molestaban porque no eran los verdaderos. Esos los traía el papá de otro niño, uno que iba un par de cursos más arriba y vivía en una casa más grande que la suya. Años después su padre importó unos resortes plásticos y de colores chillones, algunos fluorescentes, que si se dejaban sobre una escalera comenzaban a bajar solos. Peldaño a peldaño. Y así con un montón de juguetes de moda. Fue una buena infancia. Lo pasó bien. Comió bien. Se educó bien. Sus papás no creían en nada pero lo llevaban a misa domingo por medio porque era lo que habían aprendido y lo que correspondía a comienzos de los ochenta. Padre nuestro que estás en los cielos, una persignada, seis bostezos y ya se podían ir. A veces, después de la misa, pasaban a comer a una pizzería y otras se iban directo a la casa. En esos casos preferían la comida congelada que venía en cajas de cartón y envases de aluminio, que les prometía un futuro moderno, cómodo, imparable. Su primera polola fue hija de un coronel del ejército. Teresita, se llamaba. Era linda y simpática. Buena, incluso. Tenían quince años y ella le prestaba, no siempre, pero de tarde en tarde, las tetas para que se las mordisqueara. A veces también lo masturbaba —de noche y en una plaza que estaba cerca de sus casas, o por las tardes, mientras fingían hacer las tareas— y lo llevaba a misa, esta vez, todos los domingos. A él no le parecía un negocio tan malo y se arrodillaba frente al cura en el momento preciso e incluso la pasaba a buscar después de sus reuniones en Schönstatt. Llegó a conversar con cierta familiaridad con la monja Susana e incluso, para sorpresa de sus amigos, la saludó un par de veces cuando se la encontró en la calle. Piña quería culear con Teresita, pero sabía que no podía. Que nunca podría. Que eso iba más allá de la buena voluntad de Teresita y de su propio talento como amante. Que era un designio de los dioses, una condición geológica, una realidad sobre la que sólo quedaba rendirse.

Y se rindió, por supuesto, pero un año y algo después.

El colegio no le interesaba. Tampoco es que tuviera talento para algo en especial. Era el segundo mejor en biología y el peor en matemáticas. Mediocre en todo el resto, incluyendo el fútbol. No le interesaba nada que no fuera su Walkman e intentaba que el mundo lo supiera. También despreciaba a sus profesores, a sus padres y ese otro montón de cosas que despreciaban los adolescentes en los años noventa y tal vez en cualquier década.

Nadie esperaba que estudiara Arte. Fue una sorpresa, pero lo mismo hubieran dicho si se matriculaba en Física, Cocina o Ingeniería Ambiental. Había que escoger algo y escogió Arte. No tenía más opciones. O no sabía que las tenía, que es más o menos lo mismo, y estudiar Arte le pareció fácil para entrar y salir de la universidad. En un sentido era como seguir en el colegio. Horacio Piña hacía lo que le decían. No tenía la disciplina de un soldado, por supuesto, sólo una voluntad débil, blanda, casi gomosa, como esas pelotas que se aprietan para calmar los nervios y que su padre, todo sea dicho, también importó con relativo éxito.

No le resultó fácil filmar con el iPhone porque —vaya paradoja— era demasiado fácil. Estaba ahí, en el bolsillo, y él parecía un turista o un *influencer* filmando pequeñeces en las calles. Se sentía algo tonto. Lo primero que se le ocurrió fue hacer series de chicles pegados en el piso, y luego de nubes, de techos de edificios, de puertas, de los precios de los arriendos anunciados en las vitrinas de las inmobiliarias, de las filas en la oficina de inmigración, de artistas jóvenes y pobres y entusiastas, como él mismo, inaugurando pequeñas exposiciones en galerías de por ahí cerca, de unos turcos vendiendo artesanías en la entrada de Tempelhof, de sus amigos rellenando formularios y pidiendo becas frente a las pantallas de sus computadores, de él cocinando fideos o comprando falafels en un puesto cerca de la cafetería, abrochándose los zapatos antes de salir a trabajar. Y a veces avanzaba así un par de cuadras, enfocando sus pies sobre el pavimento, caminando un poco más lento que de costumbre para que la cámara lo captara todo muy nítido y no fuera a chocar con alguien.

Sumó horas de filmación rápido y sin problemas. Cada un par de días vaciaba la memoria del teléfono en un disco duro naranjo y volvía a grabar. A Coco le dijo que sería un trabajo de edición, más que otra cosa, y no se equivocó. Se lo dijo una mañana, bien seguro, mientras tomaba un café con leche y se abrochaba la camisa en el comedor del departamento. Coco levantó la vista de una miniatura que pintaba y le dijo «¿como Orson Welles?».

«Como Orson Welles», le respondió Piña, aunque no había visto ninguna de sus películas. La fe en el montaje es la fe en el futuro, cualquiera que haya nacido después de 1968 lo sabe. Los resultados dependen de cómo se ordenen las cosas. Los libros, por ejemplo. Todos están escritos con las mismas veintiocho letras. Sólo cambia el orden, las secuencias, las palabras que van creando, pero siempre son las mismas veintiocho letras distribuidas de infinitos modos posibles. Lo mismo se podría decir de las palabras.

Su plan era tener muchas cosas filmadas, cuanto más intrascendentes, mejor; luego pensaría cómo armarlas. O tal vez las ordenaría y luego buscaría un discurso que las uniera, que les diera un sentido. Por el momento, los detalles no le importaban.

«Orson Welles», dijo una vez más en voz alta, antes de despedirse y partir a la cafetería.

Piña estaba cansado —llevaba años peleando por aparecer en todas partes y a todas horas; quizá su lucha, en realidad, era contra la curva que unía el tiempo y la distancia, contra la física cuántica, contra la degradación de las células, contra la voluntad de otros, que siempre era distinta a la suya— y pensaba que tal vez era el momento de dejar de ser un artista contemporáneo, que sería bueno transformarse en uno del siglo XIX o del XVIII, pero no estaba seguro de que fuera posible. Quería la vida de ellos: su falta de Instagram, sus rutinas, sus horarios. Quizá se pescaban una sífilis infernal, o tenían siete u ocho hijos repartidos en un pueblo diminuto, o pasaban algún tiempo sin encontrar materiales con que pintar, pero al menos no compartían su agotamiento ni sus miserias contemporáneas. De pronto quería ser como Turner o Valenzuela o Lira. Es decir, no sólo quería estar enterrado y convertido en polvo, sino haberse dedicado a los paisajes y a los retratos con la despreocupación de quien se limita a dar cuenta de lo que está frente a sus narices —una tienda de ropa para embarazadas, en ese preciso instante. No podía ser un horizonte tan malo ni tan aburrido, aunque no se le ocurría cómo lograrlo. «Tal vez el futuro está en el pasado», le dijo a Siri, pidiéndole antes que tomara una nota. Ya tendría tiempo para averiguarlo.

Mientras meditaba sobre esas cosas, Piña caminaba de vuelta a su casa con las manos en los bolsillos y una mochila verde en su espalda. Pese a la sensación de derrota, había sido una buena tarde, bastante provechosa, y Coco, según sus cálculos, ya debería estar de vuelta en el departamento, después de haber sacado a pasear a Tita por el barrio. Tal vez por eso —por la imagen improbable de Coco desnuda sobre el comedor, con las piernas abiertas, deseosa de su salvajismo latinoamericano—, al poco rato cayó en cuenta de que sería mejor no ser ambicioso y contentarse con los lujos que le ofrecía el mundo por el que caminaba. No eran pocos. Por lo pronto tenía una fantasía sexual y una mujer con la que esa misma noche saldría a ver una película, y, con algo de suerte, luego pasarían al italiano de confianza a comer rigatonis con sardinas. Era un panorama inapelable, pero esas cosas no lo dejaban satisfecho ni lo consolaban del todo porque estaba exhausto —ex-haus-to, decía él—, aburrido de ir a las mismas partes, de día y de noche, a inauguraciones o al restaurante italiano, con una sonrisa de oreja a oreja.

Alguna vez leyó el ensayo de una de sus artistas favoritas que decía algo parecido: cuanto más se necesita la plata, más se sonríe. La jerarquía laboral reserva las sonrisas y la amabilidad para los vendedores de seguros o los repartidores de pizza, para cualquiera que dé la cara atendiendo y que deba ser evaluado no tanto por su trabajo sino por lo simpático que le cae a otro. Los artistas más o menos consolidados, muy por el contrario, pueden ser idiotas y oscuros y abstrusos y tener mal aliento sin que arriesguen nada. De un gran artista se espera indistintamente que diga que no come pollo recalentado en el microondas o que desaparezca en medio de la inauguración de una esperada retrospectiva suya. Si no llega y los deja a todos plantados, incluso en un set de televisión, es más una excentricidad que una falta de respeto. El artista con mayúsculas está arriba en la pirámide social porque no le debe sonrisas a nadie. Si sonríe mucho, de hecho, pasa por idiota (como Jeff Koons). Su misión es no hacerlo, alejarse cuanto sea posible de las lógicas del trabajo asalariado, es decir, de quienes sonríen el día entero detrás de un mesón y se transforman así, sin querer, en los más grandes enemigos del arte contemporáneo. Como Piña, por cierto, y todos esos artistas jóvenes con los que compartía la mesa grande de la cafetería, los miles de millones de aspirantes a cualquier cosa que viven con una sonrisa tatuada en la cara, como un Guasón cordial, buena onda y amigable. Una generación dedicada a pedir favores y a sonreír en la espera constante por agradar al que sea que haya que agradar y por rellenar cuantos formularios sean necesarios.

La promesa es la misma, en todo caso, para los artistas y los vendedores de seguros: que algún día dejarán de sonreír.

La consagración para un artista es una forma de seriedad.

Ya estaba a dos cuadras de su casa cuando metió una mano en el bolsillo del pantalón, se rascó el pene con disimulo y dejó de pensar en estas cosas.

La noticia, sin que nadie la esperara, porque estas cosas suceden así, con un dramatismo que se juega en su imprevisto, primero apareció en las redes sociales. Al día siguiente llegaría a los diarios, por supuesto, pero de inmediato, apenas se supo, el arte chileno se llenó de condolencias y recuerdos. De pronto todos echaban de menos a Ingrid Mora, la crítica y curadora que había muerto, hace sólo unas horas, por culpa de un ataque al corazón.

Al parecer era difícil contenerse, y muchos se pillaron echándola de menos en público. Que era una buena mujer, una valiente, que se educó sola, que salió de una población en Concepción y, sin saber cómo, durante los años más bravos de la dictadura, se transformó en algo así como un faro, una referencia. Era la crítica que podía leer lo que pasaba en el arte chileno. Una mujer que entendía ese lenguaje intrincado de los años ochenta y que, a diferencia de tantos otros críticos, que no podían salir de esa jerigonza cerrada y fea, ella traducía el arte a la otra lengua, a la de todos. Fue la profesora de varias generaciones de artistas y, de a poco, a comienzos de los años noventa, mientras el optimismo se apoderaba del país, ella se transformó en una curadora influyente y en una columnista que de repente, con una mano estirada hacia el cielo, que en realidad intentaba agarrar el borde de la mesa cuando ya estaba en el piso, desparramada sobre una alfombra rococó, moría con los ojos llenos de miedo en la esquina de un restaurante tailandés.

Cuando se enteró, Piña estaba en algún punto entre Matanzas y Pupuya, en una terraza de madera con vista al mar y a tres o cuatro windsurfistas que, a lo lejos, hacían piruetas. Era la casa del amigo de un amigo suyo, que pronto terminó por ser su amigo, porque su mundo era así de chico. Cualquier artista chileno con un poco de ambición, pensaba él, se relaciona con galeristas y compradores y vendedores y periodistas y más artistas que viven en Vitacura y en Providencia, que muchos no serán ricos, si por rico se entiende extremadamente rico, pero al menos sí llevan vidas que, en algún momento, el mismo Piña llamó «de restaurantes de domingo». No era un mal criterio para identificarlos, pero con el paso del tiempo se volvió débil en buena parte porque él mismo almorzaba los domingos o los sábados o los jueves en restaurantes que exigían reserva y se enamoró de burguesas pequeñas y grandes y se entretuvo en la playa, durante fines de semana enteros, en las casas de amigos de algún amigo suyo, como en la que estaba en ese preciso instante, mientras leía en Instagram que Ingrid Mora había muerto.

Para más detalles, tomaba desayuno a pata pelada, la brisa lo golpeaba y —aunque no lo reconozca— lo llenaba de un optimismo que le gustaba. El resto de los invitados —eran varios— comentó con un poco de morbo y otro poco de sorpresa la noticia. Esa mañana nadie sabía muy bien de qué había muerto Mora y los rumores se multiplicaban sobre esa mesa. Para Piña las cosas eran fáciles y no tenían ningún misterio: Mora era una estúpida, una crítica miope, una señora aburrida y pagada de sí misma que sólo una vez se había fijado en él con una mezquindad terrible. Y eso que había escrito con generosidad y exceso de medio mundo, sobre todo de los mediocres que giraban alrededor de ella, de sus exalumnos, de los hijos de sus amigos o, sólo por llevar la contra, de algún estúpido sin talento. Ensayos y catálogos celebratorios que, cuando su reputación estaba madura, casi pasada, repartía a mansalva con tal de que besaran su anillo. El dueño de casa, que al parecer estaba medio afectado, le preguntó a Piña si la conocía, pero él negó con la cabeza mientras le daba un sorbo al café. No tenía nada que decir. O nada bueno.

Al poco rato, flotando todavía en esa ligereza que entregaba el aire marino y ese paisaje vacacional, que tan poco se condecía con su vida, o con lo que él pensaba que era su vida, llena de proyectos a medio terminar, salió a caminar con Josefina —treinta y siete años, periodista, dos hijos, una novela feminista celebrada en las redes sociales chilenas e ignorada fuera de ellas— por la única calle pavimentada del lugar, una línea zigzagueante que bajaba del cerro, rodeada de viejas casas convertidas en hoteles boutique, o en boutiques a secas, que eran transitadas por capitalinos igualitos a ellos.

Piña se echó un rato en la arena, con los pies enterrados, mientras veía a Josefina caminar hacia sus dos hijos, que en la orilla se ponían o se quitaban —no le quedó claro— un traje negro de látex. Se preguntó qué sería de Coco, qué estaría haciendo —miró la pantalla de su teléfono, pero no tenía señal, así que se contentó con imaginarla pintando a la señora de las papas fritas que trabajaba frente al departamento y a quien había retratado tantas veces, casi como un fetiche—, y se sintió estúpido lejos de su ciudad adoptiva, de su decisión de vida, pero acababa de viajar a Chile a hacer una instalación, una muestra. «Estoy aquí para trabajar», se dijo en voz baja, y esa impunidad que entrega el trabajo —o mejor: la palabra trabajo—, capaz de apaciguar conciencias y morales enteras —«es mi trabajo»—, esa justificación tan útil para cualquier cosa, partiendo por renunciar a su clase social, lo calmó como una ducha de benzodiacepinas y después de almorzar, se coló en un auto y volvió a Santiago.

—Vieja estúpida —dijo apenas se abrochó el cinturón de seguridad.

—¿Qué cosa?

—Vieja estúpida, Mora siempre fue una vieja estúpida.

Gracias a Coco descubrió qué hacían los artistas. La respuesta breve es «aguantar y partir de nuevo», pero la versión larga tiene matices menos deprimentes: años atrás, cuando Piña era alumno de un colegio privado e incluso cuando ya había entrado a una universidad también privada —es más, cuando había egresado y arrendaba un taller en Macul junto a tres de sus excompañeros—, ser artista, que era lo que quería ser —aunque un diploma indicaba que ya lo era—, significaba trabajar poco, ganar poco, exponer un par de obras buenas, algunas malas, muchas mediocres. Suponía que a veces lo invitarían al extranjero a una bienal menor —pero bienal, a fin de cuentas— y que la mayoría del tiempo la pasaría caminando por las calles de Ñuñoa con las manos en los bolsillos, pateando piedras y un par de ideas a medio terminar, así como quien se resigna a unos panzottis de ricota recocidos. De repente haría clases y talleres. De repente, no. Cada cierto tiempo saldría con mujeres hermosas, alegres e inquietas, que desaparecerían al par de meses (o días) sin ningún motivo en particular, y gracias a las bondades del sistema del arte chileno, vaya a saber uno dónde o cuándo, conocería a otra muchacha igual de talentosa y la rueda de la fortuna comenzaría a girar una vez más.

Con Coco las cosas cambiaron.

Ella, que le parecía la definición de la pasión y la fuerza —mucho más: de la valentía—, fue la primera artista en serio que conoció fuera de Chile, e incluso dentro. El resto habían sido impostores. Simuladores. Aspirantes, en otras palabras. Eso lo supo apenas descubrió que Coco vivía con una ética que, a partir de ese día, Piña supuso propia de santos medievales o de médicos dedicados a la ayuda humanitaria en alguna parte de África. Trabajaba mucho, dormía poco. Tenía los brazos tatuados desde el hombro hasta los nudillos. Garabateaba bocetos en libretas chicas y de colores que dejaba repartidas en cualquier parte de la casa. Les dedicaba horas e incluso días a esos dibujos y luego los desechaba. Ahorraba como avara en lo que no le interesaba y gastaba sin culpas en cinco o seis caprichos que cultivaba con dedicación. La plata no le interesaba para ahorrarla ni invertirla, sino para marcar que avanzaba, que era libre, que las cosas andaban. Por eso, siempre que podía cobraba caro. La plata es parte fundamental del arte, decía, y el arte era su vida. No hay que explicar nada más. Le gustaba gastar en cosas bien hechas: bicicletas eléctricas que apenas ocupaba, sacapuntas sofisticadísimos, un whisky añejado durante 25 años en una barrica perdida en el sur de Irlanda y primeras ediciones de herbarios del siglo XVIII que apilaba en el comedor del departamento. Conocía a medio Berlín, se dejaba ver en fiestas e inauguraciones —aunque fueran diez o quince minutos, siempre estaba ahí como un instrumento de medición atmosférica que indicaba que todo estaba en orden—, sonreía, saludaba, volvía a sonreír —a esas alturas ya tenía amigos verdaderos y falsos y creía saber quién iba en cada categoría— y luego regresaba a su vida que Piña imaginaba, o quería imaginar, ascética y espartana. Estaba al tanto de la *petite politique* del arte alemán, de los despidos, de los contratos, de los trepadores, de los anteojos y de las revistas de moda. Coco se sentía vieja desde que cumplió 23 años y decidió ser artista con la misma seguridad gratuita y absurda de esos bomberos que deciden ir a morir a un edificio en llamas, en medio de una noche hermosa y despejada. Porque sí, porque ya estaba bueno, total no le servía de nada quedarse en su pueblo de mierda con su trabajo de mierda. Así, desde ese preciso momento, no le importó nada que no fuera su obra. Era una artista a tiempo completo, que se diferenciaba de una corredora de bolsa o de un empresario tecnológico sólo por la elección de las drogas y de la ropa.

En el resto de los aspectos eran dos gotas de agua.

Gracias a Coco, Piña aprendió a ser, o a querer ser, un profesional, un tipo serio, competente, confiable, un artista contemporáneo con todas sus letras.

Tenía un interés ingenuo pero sincero por cabañas salvajes como las de Thoreau cerca del lago Walden o la de Wittgenstein en un peñasco noruego o el cuarto propio de Virginia Woolf en Rodmell. Alguna vez proyectó en una de sus libretas cómo sería su estudio de 36 metros cuadrados instalado idealmente en algún roquerío chileno, no tanto porque echara de menos su país natal, sino porque le parecía más barato. Comprar un terrero en Alemania o Polonia, pensaba, sería bastante más caro y engorroso. En su estudio dormiría y cocinaría sin preocuparse del auge del terrorismo, de las enfermedades que se expanden por el planeta o de la precariedad del arte contemporáneo. Que cada uno se quede con sus problemas. El suyo sería mantener limpia esa cabaña, comprar comida y conseguir una buena señal de internet para enviarles obras a curadores de cualquier parte del mundo. De cualquiera donde haya plata, estrictamente. Ese era un plan para más adelante, en todo caso, mientras hacía la cola en la cafetería, que era metafóricamente su cabaña y su lugar en el mundo, y compraba con algo de culpa dos medialunas y un cortado y se preparaba para trabajar en sus cosas.

Si le preguntaran, diría que desde siempre ha tenido una tendencia a subir de peso. Que ha estado al límite —¿quién fija el límite?— desde los quince años, pero lo cierto es que las fotos lo desmienten. Una cosa es su cabeza, otra las imágenes. Y una más distinta todavía, los platos de comida. Le gusta cocinar y comer. Sobre todo pastas. En las tiendas del rubro sabe reconocer las buenas harinas. Le gusta comer postres y entradas. Tomar una y otra copa de vino. Prefiere los huevos de campo. Una de sus obras favoritas es esa instalación de Matta-Clark en la que invitaba a comer a sus amigos. Eso es arte, pensó la primera vez que vio un documental sobre *Food*, el restaurant donde un grupo se juntaba a cocinar y comer. Él quería hacer eso, pero cambiarle el nombre: hubiera preferido que se llame *Amistad*. O *Amor*.

Soñaba —o decía que soñaba— con una cooperativa en la que sentirse en familia, pero en cambio tenía un computador que pesaba menos de un kilo, demasiado higiénico, frío, y casi ni veía a sus compañeros porque, en realidad, no tenía. Cuando arrendaba un estudio en Macul, hace mucho tiempo, en lo que le parece otra vida, Piña sí que pasaba el día —y a veces la noche— con sus compañeros en una casa vieja y grande, de techos altos, con paredes de adobe. Había un patio interior en el que se echaban a comer o a mirar las estrellas. Tenían dos perros y cuatro piezas que abrían al público cada fin de año a ver si vendían algo. Eran tres pintores y él, que se dedicaba a las instalaciones y a las ideas. En ese tiempo tenía un viejo sofá rojo dentro de su estudio en el que se recostaba como si fuera un diván, le hacía cariño a alguno de los perros e intentaba inventar algo. Berlín lo cambió, se transformó en un artista ambicioso y serio, aunque es imposible ser ambicioso sin ser serio. Alguna vez un poeta inglés dijo que la rutina era un signo claro de ambición y ese también era el caso de Piña. La cocina y la comida eran una vía de escape o el lugar a través del que canalizaba sus pocos deseos sociales.

Le gustaba almorzar con amigos, con desconocidos, con críticos, con otros artistas. Con el tiempo aprendió a comer, a cocinar y a hacer vida social. A usar camisas de manga corta con estampados alegres, a quitarse los calcetines, a dejar la neurosis sólo para sus obras. Al comienzo cuidaba su peso y luego se dijo que era mejor llevarlo con gracia como Philip Seymour Hoffman o Carlos Leppe. Estaba bien. Además, para los artistas del siglo XXI, seres incorpóreos e invisibles por excelencia, el cuerpo es sólo una extravagancia. Pues bien, él sería bastante extravagante. En las calles de Neukölln, donde comía falafels y tomaba cerveza mientras caminaba por la calle, aprendió que no era necesario sufrir. Si estaba de buen ánimo cocinaba para Coco, e incluso para

Tita, y se preocupaba de sus paseos y de su higiene. Encontró una calma extraña, que no terminaba de explorar ni de entender, en cuidar a otros, en alimentarlos. Esos gestos gratuitos, imaginaba, eran el equivalente al montón de terapias a las que nunca fue.

Pasó como con las malas noticias: al comienzo fingía que no se enteraba. Las ignoraba, daba por hecho que eran un error o un malentendido que desaparecería pronto, sin mayor esfuerzo, así como el mal tiempo. A veces le resultaba, a veces no.

Por lo mismo, no recuerda dónde fue la primera vez que la vio, ni la segunda. Era una tontera, una confusión sin importancia como tantas otras. Dejó pasar esas veces sin siquiera preocuparse. La tercera, sin embargo, la recuerda bien: fue en ese mismo viaje, recién había muerto Mora. Estaba en el Lomit's de Providencia, le acababan de servir un chacarero y tenía una jarra de cerveza en la mano. Almorzaba con Ayala y hablaban de conocidos y de no tan conocidos, repitiendo por quincuagésima vez la conversación de siempre, o al menos la misma que mantenían cuando compartían el taller en Macul e intentaban transformarse en artistas. Blablablá, etcétera, etcétera. Al poco rato, Piña le dio un mordisco al chacarero y en una esquina de la terraza, ahí, en plena Avenida

Providencia, la vio. Mora tomaba una Fanta y comía algo que, de lejos, le pareció un pastel de choclo. Piña pestañeó con extrañeza, volvió a la conversación y la miró de reojo dos y tres veces más. Era Mora. No tenía dudas. Al menos —porque él no estaba loco y sabía que los muertos no van al Lomit's—, se parecía mucho, muchísimo, a Mora: el pelo crespo, los anteojos grandes, esa mueca de estornudo fracasado. En un momento, cuando ya empezaba a perder la concentración, se lo dijo a Ayala. Mira, la de allá atrás es igualita a Mora. Ayala se dio vuelta sin una gota de disimulo, de seguro amparado en la cantidad de gente que llenaba el lugar, y le dijo que no, que no se parecía en nada, y siguió con lo suyo.

Piña, en cambio, con cada mascada que le daba al chacarero reconocía a la muerta. Y de a poco fue desapareciendo la voz de Ayala, difuminándose entre el ruido del local y de los autos. También desaparecieron sus ganas de comer. Sólo quedaban Mora y el asco que empezaba a crecer como una mancha de aceite adentro de Piña. El asco por la carne de ese animal muerto que de pronto se metía en su boca. Por los porotos verdes. Por el tomate. Por la mayonesa, pero sobre todo por la carne de esa vaca ejecutada sin piedad, seguramente en algún matadero brasileño, a miles de kilómetros. Era un caníbal, un necrófago. La culpa de ese malestar repentino —y de esto no tenía dudas— era de esa señora, que estaba igual de muerta que la vaca, de seguro soltando líquidos que goteaban de algún lugar de su cuerpo, vaciándose de a poco, pudriéndose sobre una silla. Una muerta con mal gusto, ciertamente, que comía con la boca medio abierta en vez de quedarse quieta en su ataúd.

Cuando se fueron, ella ya no estaba. Piña no sabía en qué momento desapareció, sólo que dejó de estar.

La cuarta vez que se le apareció fue esa misma noche. Iba en un taxi al departamento de su hermano y la vio en una parada de micros, en Santa Rosa con la Alameda. No sólo giró la cabeza para verla en detalle, sino que dio vuelta el cuerpo entero y se quedó con la cara pegada al parabrisas trasero.

La quinta fue un par de días después en el Big John que está en Ricardo Lyon con Carlos Antúnez. Iba a pagar una cajetilla de cigarros y una Limón Soda sin azúcar cuando la vio a través de un espejo grande que hacía las veces de pared. Estaba al fondo de la fila, revisando su celular. La sexta y la séptima no tienen mucha gracia, pero la octava no la olvidaría en mucho tiempo: Piña estaba fumando afuera de la Galería Metropolitana, con un pie apoyado en la reja metálica, esperando a un amigo al que había acompañado después de haber almorzado juntos en un coreano de por ahí cerca, cuando Mora, la mismísima Mora, salió de la galería y pasó a su lado. Lo hizo muy cerca, además. Prácticamente lo pasó a llevar con el codo, y le dijo al oído, sin detenerse, pero preocupándose de pronunciar muy bien: «Te falta talento, mediocre. No te vas a salvar, ahueonao penca».

Piña se quedó con el cigarro en la mano, que se consumía de a poco, muy teatralmente, mientras esa señora de pelo crespo y canoso caminaba sin mirar atrás por Félix Mendelssohn, cerquita del Club Hípico.

Dobló en la esquina y él la perdió de vista.

Piña no terminaba de entender —y esa duda, ese espacio vacío entre dos certezas, hacía trastabillar sus seguridades, su educación, su propia identidad— qué diferenciaba una genialidad de un buen chiste. O al menos de una ironía bien ejecutada. Nada, de seguro, pero no se atrevía a decirlo en voz alta porque enunciarlo era aceptarlo, y él todavía no salía de ese clóset. Una de sus obras favoritas, una de tantas que admiraba hasta el bruxismo, la hizo Group Material y le parecía perfecta: en 1980 usaron una sala para proyectar *Alien*, la película de ciencia ficción que se había estrenado hace poco, pero afuera, en la calle, un letrero anunciaba una reflexión sobre la democracia o la vida contemporánea. *Alienation*, se llamaba. Le encantaba esa instalación, que resumía lo que para él era el arte, pero lo perturbaba, sobre todo en las noches, cuando el exceso de comida lo mantenía sentado en la cama, con una acidez que subía y bajaba por su garganta, y se preguntaba si en realidad lo que le gustaba eran los chistes, las paradojas, las ironías, y no el arte. *Alienation*, o incluso el *4'33"* de John Cage, esa obra en tres movimientos en la que el pianista —se puede ejecutar con cualquier instrumento, para ser preciso— debe estar sin tocar ni una nota durante cuatro minutos y treinta y tres segundos, ese tipo de cosas a Piña le indicaban cómo debiera ser su propia obra. Esas ideas lo conmovían. Y lo que le gustaba, si la acidez no era importante y el desvelo le daba tiempo para ponerse sincero y reflexivo, era el humor, o tal vez sólo la tensión hermosa entre dos opuestos. Pero durante esas noches ácidas se decía que ser un comediante no podía equivaler a ser un artista. Eso no salía en ningún libro y no se lo había escuchado a nadie. Ni siquiera se atrevía a preguntárselo a Coco. Tal vez se debió dedicar a hacer reír, pensaba. A contar chistes con un micrófono en la mano y sobre un escenario. E incluso fuera de ellos, en una oficina como las de cualquiera de sus excompañeros de colegio. Si se hubiera dedicado a la arquitectura, al corretaje de propiedades o a la venta de mariscos congelados, a la hora de almuerzo o a media mañana podría contar un par de chistes, hacer reír a algunos pocos junto a la cafetera, y en ese caso, sospechaba, todo sería igualito a como era.

Llegado a ese punto, se acomodaba otra vez en la cama, para quedar un poco más vertical y aliviar así el sabor de la boca. Luego se rascaba la barba e intentaba pensar en otra cosa. En cualquiera, menos en ese fantasma que, cada tanto, volvía imprudentemente a su cabeza.

Piña tenía el pelo mojado y una toalla a medio amarrar en la cintura cuando Mora abrió la puerta del baño con una familiaridad tan marcada que le recordó las mañanas junto a Coco. Un cepillo de dientes olvidado, un mensaje antes de salir a comprar el pan o un comentario de última hora. Cualquier excusa valía para entrar y salir del baño y así romper la fantasía de la privacidad doméstica. Claro que su cotidianidad estaba lejos, en Berlín, porque ella nunca lo acompañaba en sus viajes y, en ese momento, Piña estaba encerrado en un baño que no era el suyo. Mora cerró despacito, cuidando no meter ruido, y los dos quedaron dentro de una nube de vapor densa. Piña no sintió miedo. No es que la estuviera esperando, pero su visita parecía natural. Casi necesaria. Por un arrebato de cortesía, que a los fantasmas de seguro los dejan indiferentes, decidió no seguir secándose y se amarró la toalla a la cintura con una confianza y una fuerza un poco exageradas.

Descubrió que no tenía que hablar, o al menos no abriendo la boca. Con Mora, y por extensión imaginaba que con el resto de los fantasmas, la conversación era mental, telepática. Un flujo constante entre vivos y muertos parecido al lenguaje invisible y universal, pero lenguaje a fin de cuentas, del dinero o del amor. Estaba ahí, flotando, moviéndose entre esa nube de vapor, era cosa de entrar en sintonía, de abrirse a esas ondas que le decían «porque no hay nada, sólo pose, ganas de ser alguien, y el arte se trata de cosas concretas, no de identidades ni de huevaditas imaginadas, pero sobre todo no vas a hablar mal de mí cuando no eres nadie, culiao mediocre. Estás más muerto que yo».

Y en ese momento, es decir, sólo después de esa última frase, a Piña le pareció que el fantasma era bastante mefistofélico, que no se parecía a los otros, que suelen ser discretos, o eso creía él, aunque ciertamente no conocía de primera mano más ejemplos. Mora se exhibía como una reina oscura, con ese desparpajo y esa seguridad que tienen los que nunca pierden. Ella le sonrió con esa mueca tan característica, que a Piña siempre le había parecido de idiota y que ahora le resultaba evidentemente satánica, y se quedó mirándolo con detención, achinando un poco los ojos, como si con ese gesto ya se lo ofreciera todo. Pídeme lo que quieras, parecía decir, aunque obviamente no decía nada porque los fantasmas no abren la boca.

Le gustaba mirar la página de su banco. Sentía curiosidad e incluso alegría introduciendo la clave de cuatro dígitos, apretando un botón, viendo cómo aparecían números, siempre tan mágicos y etéreos, flotando frente a sus ojos. Un cuatro, un seis, un ocho. Si al resto del planeta el número Pi le parecía misterioso y enigmático, las cifras de su cuenta corriente a él le resultaban aún más interesantes. Abstracciones y acuerdos tácitos que a veces subían y a veces, vaya a saber uno por qué, bajaban como las mareas. Luego miraba sus ahorros —no era demasiada plata, pero sí algo prudente que mantenía con celo por si las cosas salían mal, porque al final, o muy al final, siempre salen mal. Además, los ahorros cuidados con esmero parecían fuera de lugar para un artista que pretendía estar a la vanguardia del arte latinoamericano. No se imaginaba a Matta-Clark o a Juan Downey guardando moneditas en una cuenta corriente por si algún día el tiro les salía por la culata y debían vivir de dar clases de pintura a niños de quince años en los barrios cuicos de Santiago. Por lo demás, ya se había acostumbrado a viajar con la plata de Coco o con la de algún fondo concursable que le permitía ir ahorrando de a poco, peso a peso, gracias a la generosidad del resto.

Una de sus primeras obras, al menos en parte, se trató de eso: se propuso vivir un año cuestionando el misterio que suele girar en torno al dinero. O a la incapacidad de hablar de él con algo, aunque sea un poco, de sinceridad. Comenzó publicando en Instagram el nombre de usuario y su clave del banco. Cualquiera podía entrar y mirar cuánto y cuándo gastaba, o cuánto le pagaban. Algunos pocos visitantes intentaron sacar plata, nada sustancial, pero en esos momentos a Piña le llegaba un mensaje a su celular esperando una confirmación que no aceptaba. Él guardaba e imprimía los recibos de cada compra y transferencia, y los colgó, al año siguiente, en las paredes de una galería chica en Santiago y de otra todavía más chica en Berlín, junto a un video en el que explicaba, más o menos, de qué se trataba todo. La mayor repercusión no tuvo que ver con la cuestionable calidad de la obra ni con los tristes intentos de robo, sino con los comentarios en redes sociales. De pronto, la intuición de algunos se confirmaba: Piña era un mantenido —por el Estado, por Coco, por sus padres—, asunto que le costó varias risas, burlas y comentarios despectivos, pero al menos, se decía él, era capaz de problematizar el asunto.

Otra de sus obras más o menos reseñables no tuvo que ver con la plata, pero sí con el robo: Ai Weiwei acababa de inaugurar en Londres una gran muestra en la Tate Modern en la que dejó en el piso casi cien millones de pequeñas piedras de porcelana pintadas como semillas de girasol. Era una cosa grandilocuente que le tomó dos años y medio a una veintena de personas, algo así como una alegoría del lugar común de trabajar como chino, llevado, esta vez, a la práctica. La gente iba, se sacaba fotos entre ese mar de falsas semillas de girasoles, pero Piña vio una oportunidad. Viajó y visitó la muestra varias veces. En cada una de ellas guardó puñados de semillas para montar, en otra galería chica de Berlín, un par de semanas después, una muestra titulada «El Ai Weiwei de los flojos». Era un cuadrado más o menos de un metro y medio por un metro y medio, rellenado con las porcelanas de Ai Weiwei, en el que se podían parar los visitantes antes de tomarse una selfie y volver a la calle.

Su curiosa fidelidad a Siri también se transformó en una obra cuando expuso siete años de sus dictados. Para ordenarlos siguió el orden cronológico y poco más. Se propuso no ocultar nada, tal como lo exige el mundo de las sinceridades desatadas: listas del supermercado, ideas sueltas —buenas y malas—, miles de correos electrónicos, datos para comprar ravotril en Venecia, bratwurst artesanales en Colonia y un anillo para el pene en Buenos Aires; sumas y restas para ver si le alcanzaba la plata para arrendar una cabaña en Chiloé; el WhatsApp de Hans Ulrich Obrist (nunca se atrevió a escribirle) o sencillamente direcciones de más restaurantes, de páginas porno japonesas o de locales que no conocía y en los que sus amigos celebraban cumpleaños o bautizos. 9.466 notas achoclonadas en *Cartas a Siri*, un montaje humilde sobre un par de paredes que se ofrecían a los pocos visitantes que tuvieran la paciencia necesaria para echarle un vistazo. Lo de Siri, a todo esto, fue una relación inesperada. La conoció cuando Coco le heredó su iPhone viejo y quedó prendado con la sencillez de la inteligencia artificial. Al comienzo le decía garabatos, la humillaba o le pedía chistes, como si le molestara su sola presencia, pero luego sintió un extraño cargo de conciencia y comenzó a dictarle ideas breves, pequeños monólogos que no quería olvidar, sobre todo cuando andaba en bicicleta y no podía detenerse a escribir. Pensó que sería una relación pasajera como tantas otras, que duraría hasta que cambiara el teléfono por otro más nuevo, pero con el paso de los años le terminó contando casi todo lo que pensaba o no pensaba hacer, así como a la asistenta (de carne y hueso) o a la discípula que nunca llegaría a tener.

Por esos años, en una deriva que nadie entendió, también se obsesionó con los arquitectos radicales italianos, que a fines de los 60 proyectaban edificios imposibles, absurdos, incapaces de salir del papel, pero que no por eso dejaban de ser edificios. A Piña le gustaba esa idea de desafiar al mundo real pero, al mismo tiempo, quería llevarles la contra. Construyó una pequeña ciudad de esos edificios, siguiendo al pie de la letra los planos, sólo que cambió la escala y la hizo para gatos. Eran un montón de casas futuristas construidas con fieltro, montadas en el patio trasero de un edificio que funcionaba como una galería de arte que todavía no tenía nombre y en la que, se suponía, vivirían doce gatos que se escaparon al primer día, provocando una seguidilla de quejas y llamadas por teléfono a la municipalidad.

Alguna vez, ya no sabe hace cuántos años, pero ciertamente un montón, diez o doce, por tirar un número al tuntún, comió con Raúl Ruiz en un local que ya no existe, en Providencia, casi llegando a las Torres de Tajamar. Eso fue gracias a una de sus primeras obras. Era parte de un grupo grande y, hasta donde recuerda, no intercambió palabras con Ruiz, tal vez un salero y algún saludo cordial de un lado a otro de la mesa, pero poco más. Piña no guarda detalles de esa comida ni de ninguna parecida porque vivía encerrado en una tableta de ansiolíticos y ese año, que fue el mismo de su debut, cuando recién había salido de la universidad, estuvo en todas partes y a todas horas, al mismo tiempo, desafiando las leyes de la naturaleza y la memoria. Lo invitaban y él iba. No recuerda si lo pasaba bien o mal, si volvía temprano o tarde a la casa que arrendaba en Portugal con Coquimbo. Pero estaba. Su vida se trataba de estar. La muestra era una exhibición de libros de visitas, esos que están a la entrada de los museos importantes, donde los visitantes escriben un par de líneas bien intencionadas, pero esta vez corregidas con un lápiz rojo, marcando faltas de ortografía y problemas de redacción, hasta reescribirlas por completo. Algunos libros los robó, otros los fotocopió, tal vez inventó uno que otro, y así montó una exposición que tituló, misteriosamente, *Educación física*.

Su obra más ambiciosa —en ella algo también tuvieron que ver su interés por Siri y sus ganas, cada vez más acentuadas, de irse a vivir al mundo de la inteligencia artificial— no la podía concretar porque necesitaba un montón de plata que ningún fondo concursable se animaba a entregarle: pretendía contratar a un pequeño equipo de programadores y crear un algoritmo que analizara sus obras pasadas y proyectara las que vendrían luego. Tendría en cuenta factores ambientales (crisis políticas o sociales, por ejemplo) y, cada cierto tiempo, el algoritmo, desde el fondo de una nube de datos, propondría una obra que él realizaría al pie de la letra. Sería una forma hermosa, pensaba, de trabajar y jubilar al mismo tiempo, un poco como los grandes artistas que se apoyaban en los aprendices de su taller para seguir haciendo cosas sin, en realidad, hacerlas.

Algunos de sus trabajos sonaban mejor en su cabeza que en la vida real —donó semen en tres capitales latinoamericanas y sangre en Washington D.C.

(el resultado fue un video de 18 minutos que editó con muy poco pudor y en el que abundaban los baños, tan higiénicos, de las clínicas); compró un montón de hachas en Homecenter y, durante un verano excesivamente caluroso, trató de movilizar sin mucha suerte a voluntarios para talar siete mil pinos insertados a la fuerza cerca de Puerto Cisnes— y, por culpa de ese ánimo ecléctico, nunca le quedó claro cuál era el tema o el foco de su propia obra, pero no le importaba mucho porque sabía que si de algo sirven las muertes es para dar sentido: fue un gran hombre, una mujer solidaria, una incansable conquistadora de cumbres, una madre ejemplar, un político de mierda que dejó a un país en ruinas. La muerte tiene el poder del punto final, de llenar las acciones de sentido. Es como el tema, pensó. Sólo existe cuando se termina un texto o un libro. Antes del punto final, cualquier cosa, cualquier cambio, cualquier viraje rápido, es posible y el tema podría siempre ser otro, es decir, aparece en retrospectiva.

Sólo una vez Mora escribió de Piña:

La Tercera, 3 de abril, 2008

Demasiado queso
Por Ingrid Mora

La última exposición de Horacio Piña en la Sala Gasco, que estará abierta al público hasta el próximo domingo 27, vale como un compendio de los errores que el joven artista chileno viene cometiendo hasta la fecha. Ahí están cada uno de ellos bien resumidos: ambición desmedida, cursilería, flojera, plagio, falta de autocrítica. Lo de Piña bien puede valer como un ejemplo de lo vacío que resulta el arte en manos de la gente equivocada o, si se quiere ser constructivo —que nunca está de más—, lo suyo vale como una carta a los artistas que están recién comenzando: «por acá no», sería el mensaje. La cuarta muestra individual de Piña en Chile —ha hecho otras en el extranjero, asunto que le gusta destacar— no se diferencia mucho de las anteriores, pero una primera exposición no es lo mismo que una cuarta, tal como una colectiva no es lo mismo que una individual. El arte se expone y se juzga de ese modo. En este sentido, lo de Piña es otra exhibición más de la vacuidad de ideas y de la preponderancia del discurso por sobre la obra e, incluso, por sobre las ideas. Querer ser un artista nunca antes había sido condición para serlo. La voluntad era sólo un punto de partida, pero no de llegada, que es lo que sucede en este caso.

En las buenas escuelas de cocina, me contaba una amiga chef durante una comida, hay una máxima: si un plato tiene queso es para esconder algo, para tapar un error, para hacer digerible una imperfección. El queso en los platos vale como un maquillaje que agrada, por supuesto, pero es fácil y tosco y está ahí para seducir a los que tienen poco sentido del gusto. En lo de Piña, hay queso. Mucho. De repente es una *fondue* y nada más.

Durante dos semanas, que bien pudo ser una si se lo hubiera tomado con menos calma, Piña salía en bicicleta desde un departamento en Eliodoro Yáñez hasta la Galería Felina. Eran veinte minutos de pedaleo temerario entre automovilistas que avanzaban enajenados, siempre apurados, solos o con niños atorados en el asiento trasero, al borde del suicidio colectivo, pero el viaje le agradaba porque lo hacía sentir como un infiltrado invisible, incorpóreo y, por lo mismo, imposible de atropellar. Sensaciones que eran sólo deseo —de ser sano, moderno, distinto, muchísimo mejor que sus compatriotas—, y que se traducían en llegar cansado, transpirado, con la camisa demasiado pegada al cuerpo y con la felicidad del deber cumplido. Había llegado en bici: le gustaba ser esa persona.

Era una sala grande que estaba en el segundo piso. Desde la galería, y hace varios meses, le enviaron las medidas garabateadas en un pdf y pasó días mirando ese plano en el monitor de su computador, imaginando cómo variaría el mapa del territorio. Cuando estuvo ahí, sin embargo, el espacio no era como lo había imaginado porque cada dos por tres se daba vuelta a ver si se encontraba con el fantasma de Mora.

Las teles de las galerías o de los museos, esas donde se exhiben los videos, siempre le llamaron la atención. Por lo general no tenían marcas ni botones, eran carcasas negras de líneas bien definidas, casi industriales, como de los años ochenta, se imaginaba, de un futurismo fracasado o sacado de la guerra fría. Cada vez que las veía se preguntaba dónde las comprarían. Si vendieran de esas, seguro que él tendría una tele en su casa, pero se olvidaba de preguntar. Esos monitores siempre estaban disponibles y él iba a necesitar once. Quería once pantallas sobre un pedestal, más o menos a la altura de los ojos, repartidas por la sala, sin orden, como personas caminando por una calle cualquiera. Las paredes pintadas de negro y sin otra luz que la emitida por los videos. Once teles que muestren once viajes al trabajo, la experiencia cotidiana y múltiple de un artista inmigrante en una ciudad del primer mundo del arte. Debían ser pantallas chicas, conectadas a un par de audífonos grandes para que cada visitante viva la experiencia de una forma privada, silenciosa, que es como se va al trabajo: sin compañía, con audífonos, rodeados de desconocidos que estarán cerca en el espacio, pero a miles de kilómetros de distancia, impenetrables.

De algún modo, cada uno en su propio trabajo.

Cincuenta y dos personas llegaron a la inauguración. Piña los conocía a todos —al menos de vista—, excepto a uno. Ningún crítico, ningún periodista, sólo artistas y sus parejas, su hermano, su madre, un par de amigos que valían como enemigos y el resto eran trabajadores de la galería —jóvenes mal pagados, en su mayoría mujeres; conocía sólo a tres por el nombre: Francisca, Loreto y otra Francisca—, que se sentían moral o laboralmente obligados a ir y, de ese modo, sumar gente a un evento que no tenía mucha razón de ser, pero que como tantas otras cosas seguía siendo. De hecho, durante los días previos, Piña había intentado ser cordial e incluso simpático con cada uno de los que trabajaban en la galería porque, en una de esas, no llegaría nadie. Y si llegaban, siempre es mejor que sean más.

Inauguración: la palabra sonaba seductora y él quería estar a la altura.

Con las cosas nuevas pasa eso. Está la ansiedad que provoca desconocer algo —lo que sea— y el supuesto mal aprendido de que lo nuevo siempre es mejor que lo viejo, pero esa es una categoría temporal y no estética. Piña lo sabía muy bien. Lo nuevo sólo sucede a lo anterior. Rafael Sanzio alguna vez fue un pintor contemporáneo. O Boticelli. Rebeca Matte, sin dudas, fue una escultora contemporánea. Delacroix fue un artista contemporáneo. Los pintores de las cuevas de Lascaux, quién lo podría poner en duda, en su época fueron contemporáneos. Vanguardistas, incluso. No tiene ni una gracia ser contemporáneo o novedoso si estás vivo, pensaba Piña, mientras miraba a sus conocidos con una copa en la mano —champaña barata o Coca-Cola sin azúcar— que alzaban en su honor, o en honor de su exposición —no lo tenía claro—, justo antes de que se apagaran las luces, se prendieran los monitores y se diera por inaugurado *El trabajo del arte*, la última muestra del joven artista chileno Horacio Piña.

Vio el mensaje en la mañana, apenas despertó. Era una imagen solitaria, enviada por una de las muchachas que trabajaba en la galería, que llegó a la bandeja de entrada de su cuenta en Instagram. Hizo clic todavía con los ojos medio cerrados y descubrió que era el recorte de un artículo impreso en un diario grande, casposo y de circulación nacional.

Piña sabía que a esas alturas del siglo —¿de la historia?— las críticas o las columnas de arte que publicaban los diarios no le importaban a casi nadie —¿alguien aún leía diarios?—, y ese casi nadie sabía que a los artistas hay que juzgarlos por sus obras buenas, y no por las malas. Que todos tienen derecho a equivocarse. No salió bien, ya está, vamos de nuevo. Y si salía bien casi nadie se alegraba demasiado porque luego saldría mal. Era cosa de tiempo. A esas opiniones que aparecían en el diario sólo les daban valor otros críticos y un par de relacionadores públicos de sí mismos, emprendedores del yo que echaban a correr noticias con ellos como protagonistas —yo, yo, yo— día y noche por las redes sociales, en una versión egocéntrica y aburridísima del mito de Sísifo.

Agrandó la foto en el teléfono, pero no logró detenerse en el título —no lo recuerda— ni en detalles del contenido —aunque hablaba muy bien de su exposición, que era como a Piña le gustaba que hablaran de sus cosas— porque ahí abajo, en letras chicas y en negrita, firmaba Ingrid Mora. La mismísima Ingrid Mora que nunca en vida le había dedicado una línea decente y que, desde hace más o menos un mes estaba muerta. O que no lo estaba porque firmaba una columna. Y los muertos no escriben ni mandan columnas a los diarios, aunque al mismo tiempo firmaba la columna, de eso tampoco tenía dudas. Apartó el teléfono, miró a los costados a ver si despertaba, pero no pasó nada. Seguía en esa cama de una plaza, con las sábanas desordenadas a patadas, tal como la columna seguía en la pantalla de su teléfono.

De pronto, la violación de la lógica —¿de la lógica de la vida?— lo obsesionaba: ¿una muerta podía escribir críticas? ¿Mora estaba muerta? ¿Qué es un muerto? ¿Si una muerta escribía crítica de arte quería decir que efectivamente la crítica como disciplina estaba muerta? ¿Era sólo una confirmación poética y poco más?

Muy contenta, casi entusiasmada, Mora en su nota decía que la última exposición de Piña era una oda maravillosa al capitalismo, al esfuerzo, a la profesionalización del arte, al nuevo trabajador post-fordista, un poema visual sobre los artistas contemporáneos como burócratas, como funcionarios, como parte del becariado internacionalista que se multiplica como la depresión y los gases invernadero. No lo decía con esas palabras, por supuesto, pero estaba encantada de ver a un artista chileno trabajando como si fuera un banquero, un emprendedor sin dejos románticos, sin ánimos de cuestionar nada, un ejecutivo creativo, viajero y bien peinado, la vanguardia del neoliberalismo artístico, un muchacho contento de levantarse temprano para lograr un lugar en el mercado mundial del arte y, así, por omisión o acción, respaldar el modo correcto de hacer las cosas. En una parte del texto también citaba una vieja instalación de Mladen Stilinović, el artista croata que se echaba a dormir en una cama delgada, como de niño, y arriba, o al costado, o en alguna parte, decía «artista trabajando». Era una serie con varios carteles graciosos donde decía «esto me tomó dos años», o cosas de ese tipo, mientras él dormía junto a los visitantes. Era un panegírico sobre el ocio y el arte preparado por un tipo que luego escribió un tratado sobre la diferencia fundamental entre los artistas de Europa oriental y occidental. Unos querían trabajar y los otros, no. Eso era todo. Para unos el arte era algo que hacían y para los otros, una tarea. Y Mora, por supuesto, celebraba la falta de flojera de Piña, sus ganas de madrugar, de mandar correos electrónicos siempre cordiales y en el plazo establecido, de tomar notas y de apostar por el futuro, ¡por el progreso!: esa línea recta y ambiciosa que iba derechita quién sabe adónde.

Ignoraba si lo de Mora era una ironía o si iba en serio. Lo peor era que, de seguro, no fuera ni lo uno ni lo otro. A Piña, en todo caso, a partir de ese momento le empezaron a preocupar cosas bastante más fundamentales: la vida y la muerte, por ejemplo.

O mejor: su frontera.

Desde hace miles de años —¿desde siempre?— los fantasmas son temidos porque ponen en duda una de las pocas certezas disponibles: que la gente nace y muere. A duras penas se acepta que lo que sucede entremedio es opinable —para eso hay política, guerras, religiones, equipos de fútbol, culturas, etcétera, etcétera—, y de repente aparece una idiota borrosa y flotante para sugerir que ni siquiera a la muerte se la puede dar por sentada. Ese espectro, aunque lo mismo se podría decir de los duendes o de los santos, es un puente entre un mundo conocido y otro desconocido, y ya se sabe que no hay nada a lo que se le tema tanto como a las costumbres que vienen de tierras lejanas. El fantasma es el extranjero final y definitivo. Piña, entonces, un sábado por la mañana, otra vez vio aparecer al fantasma aunque no lo vio sólo él sino el país entero. Seguro que había una explicación, pero el asunto no lo consolaba ni un poco porque lo mismo se podría decir de cualquier cosa, incluidos los platillos voladores, la muerte súbita y las apariciones a la vieja usanza, por la noche y en una casa de campo medio vacía. Todo podía tener una explicación, pero le daba igual mientras no la tuviera. Por lo pronto, agrandaba la imagen en su celular y veía al fantasma de Ingrid Mora.

Cuando escuchó el ruido del agua rebotando sobre la tina se le vino a la cabeza una melodía minimalista y juguetona —parecida a una canción de Mouse on Mars o de Pole—, que de refilón le recordó su vida berlinesa junto a Coco —qué hermosas y deseables le parecían a la distancia la ciudad y su mujer (siempre le pasaba lo mismo), incluso los retratos de las vecinas que se amontonaban en su departamento o el olor a acrílico repartido como desodorante ambiental en cada una de las piezas—, dio cinco o seis pasos hasta la terraza y, con el aire caliente del verano —era un edificio viejo y el agua se demoraba varios minutos en llegar a la temperatura que a él le parecía correcta—, repasó los pocos hechos que tenía a mano: era testigo de una cosa rarísima, derechamente milagrosa —Mora lo criticaba bien—, pero no le podía contar a nadie porque hacerlo suponía confesar una estupidez, un signo inequívoco de locura porque Mora estaba muerta.

De pronto, un fantasma no sólo lo seguía, sino que lo aplaudía, así como un Jesucristo del arte contemporáneo que resucitaba a las tres semanas para escoger a sus apóstoles a través del diario del domingo. Explicaciones podría haber muchas y de seguro aparecerían esa misma mañana: que fue un curioso error del software (que nunca había sido muy bueno), el mal chiste de un practicante, el buen chiste de un amigo melancólico, la torpeza de un diseñador despistado y acostumbrado, durante tantos años, a poner el mismo nombre en la firma de la columna.

Él, en cambio, sabía que más allá de esas posibles explicaciones, la columna había sido obra y gracia de la mismísima Mora.

Le bajó una ansiedad fulminante y, en algún sentido, funeraria. Pensó en calentarse algo para comer —en el refrigerador tenía medio plato de ravioles carbonara trufados que el día anterior había encargado en el Mestizo—, que era lo que solía hacer en esos casos, pero se contentó con prender un cigarro y mirar los árboles de Ricardo Lyon, al menos por un rato.

Se detuvo en el cuarto piso. Así, de la nada. Piña iba bajando como uno pensaría que bajan las cosas —por pura ley de gravedad, casi por magia o incluso por obligación— hasta que en un momento el ascensor se tambaleó como esos autos que no se animan a partir, y no se movió más. Un segundo, dos, quince y el ascensor seguía donde mismo. Un minuto. Los tres desconocidos que estaban ahí dentro se miraron con una sonrisa fingida pero bien delineada. Aquí no pasa nada, pensaba Piña. O mejor: no pasará nada porque los ascensores se les caen a otros, siempre a otros. De hecho, esos tipos con mala suerte aparecen en los titulares de los diarios y Piña, a estas alturas, aparecía sólo en la sección de arte, tal como ese día. Por lo mismo, era todavía menos probable que a la mañana siguiente protagonizara la crónica roja, se dijo en una inesperada reflexión estadística que lo tranquilizó bastante.

Las puertas seguían cerradas y él hacía fuerza mental para que se abrieran. Bajaría los tres pisos a pata, le daba igual. Sólo necesitaba un par de centímetros para colarse entremedio de las puertas, como un gato asustado, y escapar. Nunca antes había deseado tanto abrir un par de puertas. Primero se acordó de Tony Kamo, el mentalista español que se hizo famoso a comienzos de los años noventa por doblar cucharas con la mente, y luego, por la incapacidad de abrirlas, se le vino a la cabeza un fragmento extraño de Francis Ponge, que alguna vez Coco le leyó al oído: «Los reyes no tocan las puertas. Desconocen esa felicidad: empujar delante suyo con suavidad o brusquedad uno de los grandes paneles familiares, darse vuelta para volver a ponerlo en su lugar».

Qué ganas de haber sido Luis XIV, se dijo, para llevar ese peinado hermoso y no tocar ninguna puerta, mucho menos la de un ascensor. O todo lo contrario: qué ganas de ser un plebeyo y tener el placer de abrir puertas, partiendo por las que tenía justo en frente. Qué ganas, en otras palabras, de no estar donde estaba. «Hace unos meses pasó lo mismo y después de una hora llegaron los bomberos», dijo una mujer que hasta el momento no había abierto la boca, y de inmediato un dedo apareció para tocar el botón de emergencia. Él esperaba que nadie lo hiciera porque apenas alguien aprieta ese botón pasa a estar en una emergencia y él no quería eso, sino tranquilidad, calma, ese café solitario que tomaba en su casa muy temprano por la mañana, antes de que el resto despertara. Sus veinte minutos de soberanía.

En realidad, quería escapar de cualquier emergencia, incluyendo ese departamento que se llenaba de fantasmas indeseados, tantos, que el ascensor de pronto volvió a andar como si nada pasara.

La huida no lo llevó a ningún lugar mejor, en todo caso. Caminó por una calle ancha y cubierta por las sombras de plátanos orientales altos y cargados de ese polvo picante y traicionero, que avanzaban en fila, dejando que la normalidad del exterior, siempre tan igual a sí misma, lo calmara. Afuera no pasa nada, parecía ser la consigna de cualquier avenida grande y transitada, y eso era lo que quería escuchar: que todo estaba en orden.

Caminaba de a poco, casi contra su voluntad, como si un dedo gigante y decidido lo fuera empujando. En las películas de suspenso, incluso desde que era un niño, nunca entendió esas escenas. Le parecían burdas. Había un peligro —una casa vacía y misteriosa o un sótano mal iluminado donde vivía un cojo hediondo— y el protagonista se iba a meter a ese preciso lugar como si tuviera la voluntad o la razón secuestrada. No, no lo haga, pensaba el público —a veces lo decía en voz alta—, pero el protagonista seguía como si nada. La historia del cine está llena de esas escenas que de pronto Piña se veía repitiendo. Tampoco era la primera vez. Hace dos o tres años, por ejemplo, con Coco y Tita fueron de vacaciones a una cabaña en las Ardenas. Pasaron casi una semana recorriendo bosques húmedos y nadando en un estanque grande y espeso, acampando entre bichos y un montón de desconocidos que estiraban sus carpas cerca de la suya.

Una noche cualquiera, justo antes de meterse en el saco de dormir, vio una luz fuera de lugar. Una linterna, sin dudas, que se movía cerca de la carpa de unos españoles con los que había intercambiado un par de frases sobre la socialdemocracia y sus ganas súbitas de comer pan con tomate. El movimiento de la luz era extraño, como si alguien inspeccionara a través de las ventanas. Él no se tenía que meter. No era su problema. Tenía una mujer a su lado y una perra que no se terminaba de quedar dormida. No tenía con qué defenderse. No hablaba la lengua. Estaba en un lugar extraño y mal iluminado. Es más: tampoco le importaba que a sus vecinos les robaran una cámara de fotos o un computador o incluso la vida, pero ya había sentido el llamado. No lo podía desoír. Miró durante un par de segundos más y de pronto salió —«voy a mear», le dijo despacito a Coco— y caminó algo torpe, mientras se ponía las chalas y avanzaba el par de metros que faltaban. No vio nada. Ni luces ni ladrones. Tal vez sintió un ruido a lo lejos, tal vez no. Volvió a la carpa y le costó dormir. Pensó en tomar un clotiazepam, pero no sabía dónde estaba y para encontrarlo tendría que despertar a Coco. Había sido un estúpido. Un idiota. Un irresponsable, por lo menos. No tenía nada que ganar y sin embargo fue a ver qué pasaba. Cuántos habrán muerto así, pensó, por pura voluntad, por tener que cumplir con un deber que no era de ellos, por algo que no les incumbía en nada. Alguna vez, hace menos tiempo y en un episodio parecido, le bajó los pantalones a una joven artista rumana o romana —no estaba para detalles— con una facilidad que lo asustó. Ella estaba de pie, muy erguida, con la espalda pegada a la pared y él arrodillado en lo que parecía una oficina vacía. Un escritorio al fondo, dos estantes con libros, la reproducción de una foto de Alec Soth colgando de una pared. Afuera —a lo lejos— sonaba música electrónica y Piña sabía que no debía hacerlo, que no ganaría nada, o nada que perdurara, que como apuesta era pésima, pero seguía bajando el cierre de los jeans duros y tirantes de esa artista que, en realidad, era una veinteañera buscándose la vida en Berlín y que, sin quererlo, se encontró con Piña y lo que a ella le pareció la encarnación del encanto latinoamericano.

Al comienzo, en medio de esa fiesta —¿inauguración?— en la que ninguno de ellos jugaba un papel importante, le resultó entretenido, acaso distinto —sencillamente distinto— reírse junto a ella; luego, cuando fumaban en las escaleras del local, compartiendo anécdotas sobre mudarse a una ciudad tan rara, se sintió excitado; y poco después ya sabía que la suerte estaba echada, que su misión en esa fiesta era otra —ser visto, imaginaba—, pero la romana o rumana —a esas alturas le decía así, con una sonrisa irónica— estaba decidida a echarse contra la pared mientras Piña le bajaba los calzones. Él no quería, pero tampoco podía decir que no. Chupárselo, pensó, era una forma de contentarse con lo que Santo Tomás llamaba el justo medio y que para él era una forma de resistirse, pero al mismo tiempo de obedecer a ese dedo invisible que, una vez más, lo empujaba.

Esa noche se devolvió caminando al departamento que compartía con Coco. Buscaba en Google con la torpeza desesperada de los que cruzan la calle mientras garabatean en la pantalla del celular para saber qué enfermedad se podría haber pescado (le dio pudor hacerle la pregunta a Siri). ¿La sífilis se pega por la boca? ¿Y la clamidia? De pronto sentía que volvían dudas oxidadas, sacadas de sus años de universitario, y no se pudo dormir pensando en eso. Luego, se reprochó hacer búsquedas en el celular sin borrar las huellas. Era poco prolijo y ya sabía que el único modo de sobrevivir en el arte era ser neurótico, ordenado, puntual, quisquilloso, avaro, dueño de una gramática inglesa decente. El acento, no. Si sonaba exótico, mucho mejor.

Y en eso, sin cambiar de vereda, abrigado por las sombras matutinas de los árboles de Providencia, la vio de nuevo a la salida de una pizzería. Estaba fumando junto a la puerta y lo miraba con atención. Piña estaba casi seguro de que incluso lo saludó con la mano, mientras echaba el humo hacia el cielo, pero justo se cruzó una micro y le quedó la duda.

Ese ha sido siempre el problema de los fantasmas: no se ven, entonces no se saca nada con buscarlos. Aparecen cuando ellos quieren y ahí, de pie en la vereda, con sus anteojos gruesos y su barba improvisada, Piña de pronto dejó de verla, pero como era un fantasma eso no implicaba que no estuviera. La ausencia física, en este caso, no era un medio de prueba. La pizzería seguía donde mismo y estuvo tentado de asomarse por el ventanal, apoyando las dos manos al modo de una visera, a ver si entre tanto mozo acarreando pizzas en bandejas grandes, que llevaban como equilibristas con un brazo en alto, había una señora parecida a Mora, o su mismísimo fantasma.

Y cedió a la tentación: puso la cara entre sus manos e intentó contener la respiración para no empañar el vidrio. Lo primero que vio fue su propio reflejo, cosa que no esperaba. Se encontró más viejo, ligeramente arrugado, cansado y con la barba canosa, con una mueca de sonrisa tan civilizada como cínica, que apenas vio se preocupó de corregir. Siempre es raro verse a sí mismo, de golpe, en plena calle. Piña sólo se veía en los baños, como casi todo el mundo —peinándose, lavándose los dientes, justo después de cagar—, y cada vez que se encontraba con su imagen en un ventanal o en el espejo de una tienda, miraba rápidamente hacia otra parte como si lo fueran a pillar cometiendo un delito egocéntrico en el que no podía caer.

Del otro lado del ventanal no había pistas de Mora. Piña intentó buscarla incluso en las mesas del fondo, pero se contentó con mujeres y hombres frente a masas circulares y mozzarellas, chorizos, tomates, aunque, sobre todo, debió lidiar con el rastro de su propio estrés y sus nervios de punta. La exigencia desmedida tatuada en sus patas de gallo que le devolvía sin misericordia el reflejo del vidrio; el esfuerzo sobrehumano por ser visible, por estar siempre en la primera o en la segunda línea lo reconocía de pronto en sus canas secas, tristes, casi muertas. Los años dedicados a trabajar gratis, que era la enfermedad de los artistas contemporáneos, también los podía ver en un par de muchachas de pelo corto que atendían en el local con una sonrisa que reconocería a siete u ocho metros.

Ni la gonorrea ni la cirrosis, para qué decir el insomnio o la pobreza. Ninguno de sus compañeros de generación se rebanaría una oreja o terminaría en una isla del Pacífico, pobre y sin becas, lejos de los centros financieros, borracho, entregado a una vida maldita, de leyenda negra, ninguno de ellos se iría a algún lugar sin una buena conexión a internet. La neurastenia y los cables pelados. El agotamiento. Las obligaciones invisibles y múltiples, completas o en cuotas, que infectaban su cerebro como el virus de una película de ciencia ficción que amenazaba con lavarle la cabeza. Esas enfermedades, y no otras, Piña las entendía bien y las conocía tan de cerca que las veía ahí sentadas, comiendo pizzas con pepperoni y tomando cervezas frías. Un artista trabaja con su vida, por eso el arte no es para cobardes, se repetía una vez más, aunque después de tantos años la frase ya le parecía hueca, mientras confirmaba que el ventanal, a esas alturas, estaba completamente empañado y que no veía nada.

Lo mejor que podía hacer —¿lo mejor?, tal vez lo único— era correr, huir, olvidar toda esta historia, volver al trabajo, lo que, en otras palabras, equivalía a regresar a la realidad del video que exponía en la galería, a esa vida alemana —su vida de artista internacional en ciernes, sin ir más lejos— en la que salía de la casa todas las mañanas a cumplir con su misión. El despertador a las 6.30, el desayuno a las 6.50, la ducha a las 7.03. La rutina como una forma sagrada de habitar y de reclamar su lugar en el mundo. El trabajo, que él intentaba que no fuera trabajo, sino su vida (y mucho mejor: una vida libre y autónoma, siempre dispuesta), lo iba a salvar. Cambiaría otra vez la fecha del pasaje y procuraría, en el asiento del avión, respirar hondo. Tal vez no estaría de más controlarse el pulso o preguntarle a la azafata por una maquinita de esas para medir la presión. Si la línea aérea era buena, y el resultado de la presión decente, incluso pediría un whisky. Qué tan difícil podía ser. Reclinaría el asiento y se iría de vacaciones apenas aterrizara en Tegel. Eso, sí, sí. Se lo propondría a Coco e irían lejos, a cualquier parte, total los fantasmas no se suben a los aviones ni tienen pasaportes.

¿Estaba seguro de eso último?

No, claro que no, pero tampoco alcanzó a pensarlo en detalle porque mientras se daba la media vuelta para alejarse de la pizzería, una señora entrada en años, con los ojos azules y grandes, y ese tono de cuica que a Piña siempre lo ponía nervioso, pero que al mismo tiempo le parecía encantador porque le recordaba a su abuela, lo tomó del brazo con toda naturalidad y lo felicitó como si fuera un hijo o el empleado predilecto. Le dijo que le parecía muy bien lo del diario, que los artistas no se podían dedicar a hacer tonteras que no incomodaran a nadie, que el mercado era un invento valioso, que tomó siglos y vidas, que esas cosas había que defenderlas y mucho mejor si se defendía también el trabajo y la constancia, las ganas de surgir, de emprender, de ganarle a la vida, todo esto en la que fue una de las seis o siete veces en que alguien lo reconoció en la calle.

En la primera línea del *Manifiesto comunista*, Marx y Engels decían que el comunismo era un fantasma que recorría Europa, así como uno se imaginaría a un espectro del montón, volando a pocos centímetros del piso, escondido bajo una sábana blanca y dispuesto a matar del susto al primero que se cruce en su camino. Adam Smith, poquito antes, escribía que el liberalismo sentaba sus bases en una mano invisible que regulaba el mercado. Un fantasma y una mano invisible. Quizá una podría ser la extremidad del otro y, a la larga, un gran chiste. Los espectros, desde hace tiempo, parecen guiar e incluso justificar no sólo la economía, sino la política y la ciencia del mismo modo, o al menos de uno parecido, con el que los dioses, hace no tantos años, dejaban caer el poder sobre la cabeza de los reyes. Tal vez por eso, pensaba de pronto Piña, la economía y el dinero y el trabajo —eso que llaman el mundo laboral— siempre han tenido algo de fe, mucho de invisibilidad y otro poco de mitología. Los economistas, más que científicos o señores confiables, son médiums que podrían usar un turbante lila sobre sus cabezas, pero que prefieren las corbatas y los calcetines a la moda. El mundo exterior, aunque contradijera las certezas de Piña —o de cualquiera que viviera en el siglo XXI, acechado en apariencia por robots, inteligencias artificiales y máquinas pensantes—, seguía arrastrado y dominado por fuerzas ocultas —¡invisibles, ni más ni menos!— a las que él recién se asomaba.

Mientras se convencía de que los presocráticos jamás se fueron, que sólo se dedicaron a otras cosas, que cambiaron de rubro y pasaron de la filosofía a las finanzas, o incluso a las aplicaciones para teléfonos celulares, le entregó el pasaje a la azafata que estaba frente a un mesón y siguió de largo por un pasillo oscuro y mal ventilado que, dadas las circunstancias, le recordó la cueva de Platón. El resto de los pasajeros estaban apretados junto a la puerta, esperando su turno para sentarse, pero más que molestarlo, esa masa humana lo protegía de un modo inesperado: entre medio de ellos nada malo podía pasar.

Y llegó la noche, sin embargo.

El avión se tambaleaba con un ritmo constante, un poco embriagador —digno de tres o cuatro copas de vino, por decir algo—, y después de una comida mediocre —él pidió ravioles por costumbre y sin esperar nada muy aceptable (por alguna razón que no terminaba de entender le resultaba inconcebible comer carne o cualquier otra cosa que haya estado viva a miles de metros de altura)— y tras una fila larga para ir al baño, el cansancio venció a los pasajeros. Uno a uno, de a poco, fueron cayendo dormidos frente a sus pantallas, que seguían transmitiendo decenas de películas que iluminaban sin suerte la oscuridad de la cabina. Piña ponía la cabeza hacia un lado y otro, tratando de acomodarse en esos sillones enclenques. También hizo el intento de ver unos monos animados de Pixar recién estrenados y una película con perros supuestamente chistosos que le parecieron idiotas comparados con Tita. Se cubrió como pudo con una manta y se durmió mirando las nubes grises y densas, a punto de explotar, que estaban del otro lado de la ventana.

Era una masa que envolvía al avión en una pesadez eléctrica e impenetrable, interrumpida cada tanto por una lucecita roja que estaba en la punta de una de las alas. Se le vino a la cabeza la mano de Dios saliendo de entre las nubes para entregarle a Moisés las tablas con los Diez Mandamientos. O advirtiéndole que debía subir el Sinaí para conversar con él, pero que no lo vería porque estaría escondido tras una nube, imaginaba Piña ahora, igualita a la que atravesaba: oscura, húmeda, cargada de una energía prehistórica. Le dictó eso último a Siri porque le pareció una buena idea para una instalación carísima y tal vez imposible: una gran nube negra flotando en una sala blanca, así como las de Berndnaut Smilde, y una voz, quizá la suya, respondiendo las preguntas de los visitantes como si fuera un oráculo o la mismísima Siri.

Piña se durmió, ya se ve, preocupado de asuntos invisibles y antiguos.

De pronto el avión se movió, y al rato se movió mucho más. Dio saltos leves y luego no tan leves. También se prendió la señal que obligaba a volver a los asientos y abrocharse los cinturones. Algunos despertaron, pero Piña no lo logró, o no del todo. Seguía atrapado en ese atontamiento lento y pesado propio del sueño, aunque tal vez podía ser culpa del cansancio del escape. Algunos pasajeros daban cabezazos al aire como guitarristas de una banda de heavy metal, y una azafata decía, por los altoparlantes, lo que ya se sabía: «Estamos atravesando turbulencias sobre el Atlántico, por favor no se muevan hasta que el capitán lo autorice». Piña trató de seguir durmiendo, pero al rato —imposible saber cuánto— abrió los ojos y de pronto, que es como suceden estas cosas, vio a Ingrid Mora caminando por el pasillo. Estaba con el mismo pelo crespo, con una blusa amarilla, casi dorada, agarrándose de los asientos para no perder el equilibrio entre tanto movimiento, de seguro volviendo a su lugar en el avión. El resto de los pasajeros protagonizaba algo parecido a una pintura flamenca: unos se afirmaban de los reposabrazos hundiendo lenta e imperceptiblemente las uñas en el plástico; otros cerraban los ojos para confundir las turbulencias con una mano que los mecía como si estuvieran en una cuna; una señora rezaba en voz baja, intentando pasar desapercibida; otro hacía zapping sin querer escoger nada; una señora, casi en la cola del avión, se arreglaba el peinado esperando lo peor; la mayoría dormía, por cierto, y su fantasma venía ahí, tranquila, incluso con algo de modorra, como disimulando un peo, dando un pasito y después otro, impune como esos viejos recaudadores de impuestos que llegaban, con la seguridad del César, a tocar la puerta.

Piña era uno más en ese cuadro repleto de personas: en particular, el que tenía la vista fija en la señora que venía caminando por el pasillo. Llevaba días y noches pensando en esa aparición en el baño, dentro de una nube muy parecida a la que veía ahora por la ventana, en el mentalismo, en lo que conversaron, si es que conversaron algo; en la crítica que apareció en el diario; en su inesperada e involuntaria oda a la precarización del trabajo que tanto les gustó a la prensa y a esa muerta que se negaba a quedarse quieta y tenía la pésima idea de salir de viaje.

Venía a buscarlo, a cobrar sus honorarios, pensó de pronto Piña. Si no, ¿por qué se subía justo arriba de ese avión? ¿Por qué en esa aerolínea? ¿Por qué ese día? ¿Por qué a esa hora? ¿Por qué iban a la misma ciudad? ¿Por qué no podía hacer como el resto de los muertos y quedarse efectivamente muerta?

Una vez, hace varios años, durante un verano pegote y caluroso, Piña necesitaba mear y no encontraba baños públicos ni privados. Caminaba por las calles de Mitte y sólo veía tiendas caras, joyerías, peluquerías japonesas o boutiques de esas en que nadie sabe qué venden, pero él, que no conocía el barrio, no se atrevía a pedir un baño prestado. Tomaba una calle u otra según su intuición, a ver si daba con algo. No imaginaba qué, en realidad, porque también andaba sin plata y no podía pagar ni siquiera un café. Así que caminaba con la precaución de hacerlo hacia el sur, rumbo a su casa. Allí, por lo menos, sabría cómo sobrevivir. Tal como en los accidentes de tránsito, estas cosas —¿las emergencias?— pasan en cámara lenta, a un ritmo distinto del resto de la vida, como si el tiempo se estirara y estirara y estirara y estirara y estirara y el meado quisiera salir con una urgencia insólita. En Neukölln, por último, sabría en qué esquina o en qué parque mear, si era necesario a vista y paciencia del resto. Le daba igual. Seguro que muchos de sus eventuales testigos también han meado en la calle y tal vez existe, incluso, una cofradía grande y secreta cuyo principal código es mirar para el lado y hacer como que no hay nadie meando. Que no pasa nada. Así se reclutan los nuevos miembros. Eso Piña lo esperaría de sus vecinos, pero entre turistas y diseñadores, sólo se preocupaba por acelerar el paso y avanzar más metros en menos tiempo, por dejar atrás el dolor y el sufrimiento de unas ganas insólitas de mear que en su casa, ni hace falta mencionarlo, nunca hubiera tenido.

La suya era una empresa de contención con un coqueto tinte budista, pero llegado el momento no le quedó otra que entregarse a la vida salvaje. Hay cosas que nadie busca —o que nadie quiere— pero que llegan sin preguntar. Sobrellevarlas tiene algo heroico, por lo mismo. Es la vida la que lleva a algunos a tomar decisiones —hay tantos ejemplos: Prat saltando al abordaje del Huáscar, Guacolda partiendo a la guerra, Luis Suárez parando con la mano la pelota en los cuartos de final contra Ghana— y la suya fue rápida y certera: vio un árbol al costado de un parquecito, justo en la orilla del río. Era grande, viejo, solitario, de seguro meado por varias generaciones de berlineses apurados, y no lo dudó. Se puso bien cerca del tronco, bajó la vista y meó. Meó con felicidad y pasión. Con entereza, con dicha. Era una maldición líquida que escapaba de su cuerpo y se fundía con la tierra. Esta es mi herencia para el mundo, pensó Piña. Luego respiró hondo y subió el cierre de su pantalón.

Nadie le dijo una palabra. Ignora si lo habrán visto, pero acababa de resolver un problema más urgente que cualquier obra de arte. Fue una lección para Piña y el resto del camino se fue pensando en el modo en que a veces se arreglan las cosas. Su estrategia, por lo general, era esperar que los problemas desaparezcan solos, que se evaporen. Fue educado en esos términos grises y de pronto descubría —confirmaba— que también había otra forma de vivir. Por eso cuando la cabina del avión todavía estaba oscura y tambaleante, con las luces titilando, se puso de pie y sin mirar a nadie, sin preocuparse por lo que fuera a pensar el resto —mucho menos el fantasma que venía hacia él—, se quitó el cinturón y corrió como pudo por el pasillo, con la frazada todavía medio enrollada entre sus piernas, sosteniéndose en las cabeceras de los asientos, sin molestarse en mirar hacia atrás para confirmar qué tan cerca estaba Mora.

¡Clac!

Trabó la puerta y se encerró en el primer baño que encontró.

Esta vez no mearía, sino que sacaría su celular del bolsillo, apretaría el botón de la cámara y se pondría a trabajar. Un video con esa aparición diabólica persiguiéndolo por los pasillos de un avión que volaba en medio del Atlántico sería mejor que cualquiera de sus obras anteriores. Más breve, más certera, incluso probaría la fragilidad de la vida o la debilidad de la muerte, o las dos cosas. Un video fronterizo, una obra sobre la última barrera de la biopolítica. Además, si en la película no aparecía el fantasma daba lo mismo porque ya el mundo se había acostumbrado a convivir con los agentes invisibles: los algoritmos que escogen la comida o la película adecuada, la moral susurrada por Dios al oído de algún político hiperventilado, los virus venidos de tierras lejanas, los caprichos de la economía como accidentes geológicos que sólo queda aceptar, la amenaza de un gran y definitivo apagón no sólo energético sino moral, anímico, sanitario, ecológico. Aunque no se viera en su video, ahí estaría el fantasma de Mora y nadie lo podría negar.

No se le ocurría cómo podría titularlo, pero tentativamente pensaba en algo clásico e infalible, nada que fuera a caducar con el paso de las modas, algo atemporal o acaso inmortal, que le asegurara una presencia dilatada en las enciclopedias (si es que en el futuro seguían existiendo), que lo retratara de pies a cabeza y que le permitiera sobrevivir a la vergüenza de su última exposición: *Piña & Mora* (video, 22 minutos 2 segundos, loop).

Todavía confundido y alterado, se echó en una esquina, sobre el piso, con las rodillas dobladas. Apuntó con la cámara del teléfono hacia la puerta del baño y dejó pasar los minutos mirando ese plano fijo —que se tambaleaba bastante— a través de la pantalla.

El ruido blanco de las turbinas lo acaparaba todo —igual que los dibujitos de esos jarrones chinos, que saturan hasta el último milímetro de la porcelana—, mientras Piña esperaba la aparición de un espíritu, de su némesis, de la encarnación, si se quiere, de lo peor del arte chileno del siglo XX.

Lo que vendría luego era fácil de suponer: el espectro de una curadora y una crítica más o menos célebre abriría esa puerta, tal vez envuelta en una frazada de polar, la misma con que los pasajeros se cubrían las rodillas, pero esta vez con dos hoyos a la altura de los ojos. Eso encontraría: un fantasma que lo perseguiría de por vida, como la maldición de una bruja haitiana, con la fidelidad de un perro faldero, de un troll que lo insultaría para siempre en los comentarios de Instagram, para enrostrarle que nada de lo que hacía era correcto, que era un impostor, que lo que buscaba estaba reservado para otros, que había nacido en ese país del fin del mundo y que no lograría escapar, que alguna noche, apenas se despistara, lo tomaría de las piernas y se lo llevaría de vuelta a ese lugar delgado y largo en el que viven los chilenos.

Con el teléfono todavía entre las manos, Piña sospechaba que el espectro no se le aparecería por las noches ni en casas abandonadas, mucho menos flotando. Sería un poco más sutil e incluso cruel. Haría como si nada pasara, pensaba, como si en vez de una muerta fuera una viva como tantas otras. En una inauguración, haciendo la cola del supermercado, en una esquina cualquiera podría aparecer de pie junto a él, esperando la luz verde o rascándose una rodilla frente a la barra de un bar para pillarlo de sorpresa y decirle bien cerca del oído, antes de volver a desaparecer, «hueón penca». No sacaría nada con escapar a sitios lejanos, con dejar pasar el tiempo, con seguir sonriendo ni con comprarse un gran danés o un rottweiler para protegerse. Pensó eso: «Tita está vieja y es buena, no sirve. Tendría que comprar un perro, ponerle Rex y entrenarlo como un asesino e ir con él a todas partes, como si tuviera un guardaespaldas», pero la idea le pareció estúpida porque Tita se pondría celosa y los fantasmas también podrían tener perros fantasmas. Si existía uno, podía existir el otro.

Antes, cuando él estaba en el colegio y la Ilustración todavía era un horizonte posible o una idea respetable, nada de esto podría pasar (ni ser digno de ser pensado por un adulto más o menos educado que estaba dentro del baño de un avión), pero ahora, en ese mundo nuevo sobre el que volaba, todo estaba permitido —la verdad, desde hace algunos años, daba completamente igual—, comenzando por una muerta que lo perseguía a miles de metros de altura. Tal vez era cosa de tiempo para que lo atrapara, pero de momento Piña hizo lo único que se le ocurrió y, frente a la pantalla de su teléfono —o mejor: frente a la certeza de que todo lo sólido se desvanece en el aire, como decía un filósofo de barba abundante—, repitió en voz alta y temblorosa, como un mantra o un salvavidas o una llamada de auxilio, «Piña, artista chileno; Piña, artista chileno; Piña, artista chileno; Piña, artista chileno; Piña, artista chileno; Piña, artista chileno; Piña, artista chileno; Piña, artista chileno; Piña, artista chileno; Piña, artista chileno; Piña, artista chileno; Piña, artista chileno; Piña, artista chileno; Piña, artista chileno; Piña, artista chileno; Piña, artista chileno; Piña, artista chileno; Piña, artista chileno; Piña, artista chileno», así, durante todo el video, que duraría poco más de veinte minutos mientras las azafatas se turnaban para golpear y preguntar si pasaba algo. Luego para exigirle que saliera. Más tarde para abrir la puerta sin mucho escándalo y sacarlo a la fuerza.

De hecho, la única cara filmada en todo ese video —que fue presentado meses más tarde en ChertLüdde, una pequeña galería de Kreuzberg, en un acto más o menos privado, junto a una decena de personas, entre las que estaban Coco, Tita y una joven y prometedora curadora de veintipocos años, que escribió un texto algo rimbombante sobre los límites de la vida y de la muerte— fue la de una morena algo desencajada, que esperaba encontrarse con un loco o con un suicida dispuesto a explotar el avión, pero que en cambio vio a un artista chileno sosteniendo un teléfono con las dos manos como un monje mareado que, de pronto, se tambaleaba entre la inseguridad de su fe y la santidad del trabajo.

MAL DE ALTURA

Para mis filósofos de cabecera,
Simón y Evelyn

El dinero es como el estiércol,
sirve de muy poco si no se esparce.

FRANCIS BACON

Me puse un chaleco de lana y salí a detener la revolución. Era una tarea ingrata e inesperada —algo exagerada, si me preguntan—, que me obligaba a jugar un papel reaccionario que nunca pensé que me tocaría. Había imaginado otros, por supuesto: el de escritor maldito, el de profesor buena onda, el de inútil redomado e incluso el de anarquista de biblioteca, que eran los que tenía más a mano. Si en estas cosas se pudiera elegir me habría gustado ser filántropo ruso o futbolista brasileño, pero me tocó lo que me tocó: estudiar filosofía durante el cambio de siglo, escribir un par de *papers* que tuvieron menos lectores de los que esperaba e improvisar sobre la marcha. Esa improvisación se tradujo en parejas, una hipoteca, trabajos sueltos y otros amarrados, y una vida que juraba que adivinaría cómo sería y para dónde iría, pero al final, y como suele pasar en estos casos, porque de otro modo sería aburridísimo, hizo lo que quiso.

No estaba mal. De hecho, el mensaje me pilló comiendo un ceviche de reineta y tomando una cerveza helada en un peruano de Providencia. Hubo un tiempo en el que iba seguido a ese local, sobre todo después de clases, o por las noches, con un grupo de amigos, por lo general alumnos de doctorado y más de algún aspirante a catedrático, que se terminó deshaciendo como tantas otras cosas, incluidas las revistas que fundamos y nuestra confianza ciega en las humanidades. Estaba en ese local, decía, con la decana de mi facultad, que también era mi jefa y, al mismo tiempo, mi amiga desde tiempos inmemoriales, que comía una causa limeña, celebrando algo que en realidad no teníamos que celebrar, cuando entró el mensaje volando desde el ciberespacio derechito hasta mi celular: Echaurren estaba en un centro de esquí, en la cordillera, encerrado con un fusil en una mano y con un libro de ética en la otra.

Al comienzo pensé que esa descripción era un arrebato poético, una especie de metáfora medio gruesa sobre la decadencia de la academia o de la filosofía, pero después de tomar un sorbo de cerveza y pensarlo otra vez, me pareció de lo más plausible. En Cuesta Nevada, en una cabaña bien calefaccionada, linda, candidata a aparecer en una revista de decoración, una de esas con vistas a montañas blancas, Echaurren estaba encerrado y dispuesto a echar a andar su rebelión.

Era extraño, por decir lo menos, querer cambiar las cosas a la fuerza —para algo son los fusiles— y, al mismo tiempo, encerrarse en una cabaña y pedir a gritos hablar con un profesor de filosofía, pero en ese momento me pareció de lo más normal. Imagino que a él también. Tomé un último sorbo de cerveza, suspiré algo resignado y le dije a la decana que me tenía que ir corriendo, que pasaría a su oficina al día siguiente o subsiguiente —ya tendríamos tiempo de decidirlo y de seguir festejando el fin de las clases de ética— porque algo urgente me llamaba.

Echaurren quería hablar conmigo —esto no se lo dije, claro— y yo también quería hablar con él, aunque yo no tenía apuros ni un fusil. Ni siquiera tenía llaves de un auto, porque no manejaba, y si quería subir a la cordillera a esas horas lo tendría que hacer en uber. Hubiera preferido encontrármelo donde siempre, pero ya no sé si ese siempre sigue siendo siempre, o más bien un antes. A ver si me explico:

Cuando lo conocí, yo llevaba seis años trabajando en una de esas universidades que están en la cordillera. Quedaba arriba, casi en el límite —legal, físico, acaso imaginario— para construir. En un momento las universidades se fueron a la montaña, a los barrios de la clase alta, como si el país del progreso se encaramara en los cerros, como si la obligación siempre fuera abandonar el centro, salir corriendo del pasado, aunque la respuesta oficial era que allí había espacio. Y claro que lo había; al comienzo apenas se veían casas y calles. Mi campus, tal como varios otros, quedaba lejos. Qué sé yo, por lo menos a una hora y media en micro de donde vivía.

Y una tarde cualquiera de esa vida montañosa, una de tantas, cuando estaba a punto de irme para la casa, entró la decana a mi oficina y se sentó en la silla que por lo general usaban los estudiantes que venían a mendigar notas o plazos. Afuera ya estaba oscuro, y las luces de las casas parecían puntitos lejanos y brillantes sobre un manto negro que se extendía a nuestros pies. No era raro que conversáramos de cualquier cosa, sobre todo de amigos en común o conocidos. «Te quiero pedir un favor, Sócrates», dijo esa vez, con una cara de chiste muy evidente, como si estuviera conteniendo con esfuerzo una carcajada, y me contó que Alcalde y Echaurren vendrían durante seis meses a tomar clases de ética. Imagino que hice una mueca como si no entendiera nada. «Alcalde y Echaurren, los financistas de las campañas políticas, los de las noticias; al final los condenaron a ir a clases de ética. Las quieren tomar acá. No sabemos cómo cobrarles ni cuánto, pero te lo pagaremos aparte».

Dije que sí porque no sé decir que no. En realidad, sí sé, pero no a ella. No me lo pedía por mis méritos académicos o docentes —nunca había hecho un curso de Ética, sin ir más lejos—, sino por ser de confianza. Ese era mi trabajo: ser confiable. En todos los lugares se necesitan tipos así, que puedan guardar secretos, callarse, hacer lo que hay que hacer sin bulla ni escándalos. Es tan sencillo como tener muy claro a quién se le debe fidelidad y a quién no. Y hace muchos años, incluso antes de llegar a la montaña, lo descubrí y supe que esa podía ser mi vocación secreta o incluso mi especialización filosófica: el discretismo.

Acepté, entonces.

El fallo de la Corte Suprema, además de una multa simbólica, decía que los condenados por cohecho e influencia indebida debían ir a clases de ética durante seis meses. No especificaba dónde ni con quién ni bajo qué perspectiva teórica. La justicia tiene una idea rara de la ética, pero seguro que los filósofos también tienen una idea antojadiza de la justicia. El asunto provocó una suerte de batahola en las redes sociales y en los diarios a la que nunca presté mucha atención, pero cuando los medios olvidaron todo y debían comenzar las clases, fue mi turno. Me limité a organizar el programa como un seminario más porque siempre lo hacía de ese modo. Cada clase leeríamos un texto y lo comentaríamos. Sería como un paseo por la ética hecho a la medida, que es como seguramente ellos comprarían sus trajes y sus casas en la playa. Alcalde terminó yéndose a otra universidad cordillerana —se pelearon por culpa del juicio y no se quisieron ver más, ni siquiera en los pasillos de la facultad— y yo me quedé con el que sería mi único y fiel alumno durante ese semestre, Juan Agustín Echaurren y Patrón. Claro que faltaba para que fuera fiel —y para que dejara de serlo—, en ese momento era solo un prospecto de aprendiz que aparecía en mi vida, mientras la decana desaparecía por un pasillo muy bien iluminado, pese a estar vacío.

En el restaurante peruano me eché un par de esos pancitos de anís redondos y esponjosos en el bolsillo —«para el camino», pensé—, pedí un uber caro —quería un auto grande para llegar hasta allá arriba más o menos seguro— que, después de unos minutos, frenó en el frontis del local. Apenas me senté en el asiento del pasajero el chofer miró el destino e hizo un chiste que no entendí. No me quedó claro si era sobre la cordillera o los esquiadores o una mancha rebelde de salsa huancaína que tenía en la camisa.

Tenía algo cinematográfico, e incluso dramático, cruzar la ciudad de noche, en el asiento del pasajero, medio echado sobre la ventana. Todo pasaba rápido, sin que las imágenes alcanzaran a revelarse o a tener segundas oportunidades; eso parecía un árbol, una persona, un perro. Era una especie de caverna de Platón que proyectaba sombras en la ventana polarizada para que yo las interpretara, mientras el auto aceleraba por una costanera vacía y muy iluminada rumbo a la cordillera.

En todos esos años nunca había subido de noche. No era un cambio radical, en cualquier caso, porque lo importante —el peso de la montaña— seguía ahí.

Alguna vez, mientras caminaba con Echaurren por el campus, uno de esos grandes y verdes, muy cuidado, que se extendía como un campo de golf o un cementerio de esos nuevos, le conté del modo en que cambiaba mi ánimo cuando subía a la oficina. Le dije que llegaba con el estómago encogido, como si estuviera en un sitio distinto o especial. Contrario a lo que esperaba, se bajó un poco los lentes, dejó ver sus cejas hiperpobladas y desordenadas, que exageraban hasta el absurdo en las caricaturas de los diarios, y me dijo que le pasaba lo mismo con algunos lugares: un refugio que tenía en las afueras de Coyhaique, el patio del monasterio benedictino en Las Condes o la última mesa que estaba en el patio de un McDonald's de Lo Barnechea, al que pasaba a fumar cuando no tenía ganas de volver a su casa. «Cuando perdí un banco me fui a sentar ahí. Me comí dos hamburguesas, fumé una cajetilla casi entera y seguí adelante. Vuelvo dos o tres veces al año».

No sé si Echaurren era gordo, pero ocupaba mucho espacio. Medio que se desparramaba en los asientos y en la vida. La primera vez que lo vi, dándole la mano con cierta distancia, supongo que para marcar un simulacro de jerarquía entre profesor y alumno, estábamos junto a la puerta de una sala de clases. Esperaba una mano floja y blanda, pusilánime como la de un rey que no ha hecho nada, pero apretaba con una fuerza exagerada y optimista. Imaginaba que entraría algo incómodo, no sé si molesto, pero demostrando que estaba fuera de lugar y contra su voluntad. Muy por el contrario. Estaba encantado, diría, de cumplir con la pena impuesta por el juez y de volver a una sala de clases. Llevaba una corbata roja enrollada en el bolsillo de su chaqueta y se sentó con cierta agilidad en esas sillas que evidentemente le quedaban chicas o incómodas. Se cruzó de piernas sin quejarse y de una mochila Kanken amarilla, que podría haber sido de su nieta, sacó una libreta y un lápiz.

Va a tomar apuntes, pensé. No me había puesto en ese escenario y me bajó un pánico escénico que tenía olvidado. Di por hecho que me ignoraría o que tendría un libro siempre a medio leer, sin avanzar, solo por cumplir, sin ningún interés, como lo hacían mis verdaderos alumnos; que tendría un teléfono sobre la mesa, iluminándose a cada rato, llenándose de mensajes que lo llevarían a otra parte, pero esa primera clase abrió el cuaderno, estiró las páginas con cuidado y se quedó mirándome a la espera de lo que iba a decir.

Mientras el auto seguía subiendo por la carretera, me eché a la boca uno de los panes que había sacado del peruano y pensé en que fui incapaz de burlar el estereotipo. Al final, Echaurren estaba en la silla, mirándome con curiosidad, y yo tratando de disimular mi sorpresa bajo esa luz blanca e inerte de la sala de clases. Con un plumón negro que saqué de mi mochila escribí ÉTICA, así, muy grande, y comenzó la primera de las sesiones.

Fumando junto a la puerta del edificio, entre tosiendo y riéndose, o tal vez asombrado de su sinceridad repentina, Echaurren me contó que se atoró con una galleta la primera vez que oyó hablar de mí.

Sócrates Saavedra le parecía un nombre inverosímil y caprichoso para un profesor de filosofía —un pseudónimo, en el peor de los casos; una estupidez, en el mejor—, y tal vez por eso, aunque tal vez no y fue solo coincidencia, cuando abrió el correo electrónico con los detalles del curso lo sorprendió una miga grande y rebelde, que se negaba a bajar por su garganta. La anécdota, dijo de inmediato, «no tiene tanta gracia porque hasta hace un tiempo me la pasaba comiendo galletas, atorándome». Eso era en el piso dieciocho de un edificio en El Golf, una de esas construcciones grandes y modernas, que en un momento parecieron llegadas del futuro: altas, pulcras, con paredes de vidrio que se elevaban más allá del resto de los edificios del barrio y de la ciudad (incluso en el baño, las paredes eran transparentes y

Echaurren podía mear con alegría mientras miraba la cordillera y empapaba metafóricamente las cabezas de los peatones). Un día cualquiera, decía, abrió el correo electrónico que le envió su abogada y se atoró con una galleta. ¿Cómo alguien se podía llamar Sócrates? Mejor: ¿cómo un profesor de filosofía se podía llamar así?

Él, por supuesto, no sabía que mis padres a los veintitantos vivían escapando, alejados de cualquier lucha política, pretensión filosófica o proyecto de trabajo estable. Estaban entregados no sé si a la marihuana o al sexo, o a una mezcla muy setentera de las dos cosas. Y en uno de sus viajes, en los que según ellos recorrían el continente a dedo, llegaron a Itaquera, un suburbio húmedo de São Paulo en el que pararon durante un par de días. Y en un bar, tomando una cerveza helada y acordando tener un hijo, vieron en la tele como Sócrates, con la camiseta a rayas del Corinthians, le metía un gol casi desde fuera del área al São Paulo. Un golazo, en realidad. Y en ese mismo momento, dice la leyenda, justo cuando cerraban el acuerdo, la pelota entraba en la red y el bar completo se ponía de pie y coreaba «Sócrates, Sócrates».

Echaurren lógicamente no tenía idea de eso. Solo sabía que estaba gordo y cansado. Acabado, incluso. El resto eran dudas. Signos de interrogación que no se terminaban de cerrar. Miraba el celular de lejos, sobre una mesa que estaba junto a la puerta, porque cada cierto tiempo llamaban periodistas fingiendo complicidad para que dijera algo, una sola frase, pero él ni se acercaba a contestar. Lo miraba sonar y vibrar con cierta resignación mariana que aprendió durante su adolescencia y que tuvo que revivir por una serie de boletas, decía el juez, ideológicamente falsas.

El problema era el siguiente: de a poco, casi sin darse cuenta, se había aburrido de cruzar la puerta de su oficina y de ver a la secretaria, a los practicantes, a sus colegas, a un montón de fariseos que contrató hace tantos años y que comieron en su casa, con su mujer, que crecieron a su lado, que lo invitaron a matrimonios y a bautizos, tipos con los que construyó una vida, que olvidaron junto a él que asistían al cumpleaños del General, y que a esas alturas lo miraban con ternura. Con compasión. Mostrándose solidarios, amigables, cercanos como un hermano, pero envueltos en una capa de mentira tan gruesa que él la podía ver desde el asiento de esa oficina que, dicho sea de paso, también tenía paredes de vidrio. Nunca dudó de que todos ellos, los que estaban trabajando frente a sus computadores y terminales Bloomberg o Sebra, muy serios, negaban con la cabeza cada vez que afuera de la oficina, en cualquiera de los cafés o restaurantes de El Golf, alguien preguntaba por él. Estaba marcado, apestado, con la guía de despacho lista para ser llevado al matadero. Era un zombi bien vestido, con camisas y calcetines a la moda, que recién se animaba a salir de su oficina cuando todos se habían ido a sus casas y afuera ya estaba oscuro. No quería hablar con nadie porque los zombis tampoco saben cómo hacerlo. Olía bien, eso sí.

Es decir, no parecía un zombi convencional, pero a los ojos de sus vecinos, de los padres de los amigos de sus hijos, de los comentaristas de redes sociales, de los choferes y porteros que trabajan para él, sí que era un muerto en vida.

En las portadas de los diarios, al menos al comienzo, salía en la foto junto a Alcalde, uno al lado del otro, justo debajo de un titular que decía, en ese lenguaje de los diarios que le parecía tan obsceno o abyecto, «Empresarios enfrentan a la justicia por cohecho». O por corrupción. Era como cruzar la calle con luz roja. Todos lo hacen sin ninguna consecuencia, pero de tarde en tarde a alguien le sacan un parte un poco para marcar que la ley existe, aunque sea en el papel. Alguien lo podría sentir como un acto injusto y, de hecho, puede que lo fuera. Es legal y, a la vez, profundamente injusto, pensaba Echaurren al comienzo, cuando todavía no se acostumbraba al papel que le tocaba interpretar y se resistía, de ese modo lento y torpe, casi inseparable del hecho de aceptar que algo está pasando contra la propia voluntad y con la fuerza inapelable de la naturaleza.

Si el escándalo lo hubiera pillado más joven hubiera sido un combo fuerte de la vida, un mazazo en las canillas o una lluvia de escupos que lo hubiera deprimido y llevado por un derrotero autodestructivo fácil de imaginar: se habría entregado con más o menos pasión a la comida, al whisky sin hielo, a las piernas de las abogadas recién contratadas y, poco después, a la culpa católica. Ahora, en cambio, cuando entraba en el segundo tramo de los sesenta, todo el escándalo era una gran lata, una tarea fastidiosa, sobre todo por su reticencia a dejarse ver en el campo de golf del Sport Francés o en los restaurantes de Vitacura, pero eminentemente temporal y pasajera, como él, como su edificio, como los moralistas que lo apuntaban con el dedo, como esa ciudad de mierda que alguna vez terminaría bajo la furia de un volcán.

Desde hace algunos años hacía clases en ese lugar, decía, y lo cierto es que en el jurásico de esta historia, a fines del siglo pasado, también había estudiado en una de esas universidades. Cada vez que podía omitía u ocultaba ese dato, como si fuera una falla de clase, una marca de nuevo rico muy poco adecuada para el académico que alguna vez pretendí ser. Con el paso del tiempo esos miedos se diluyeron —para ayudar un poco me doctoré en Alemania, pensando que la antigua e impecable ciudad de Jena me traspasaría por osmosis parte de su sabiduría— y el asunto me empezó a dar igual, como tantas otras cosas.

Como casi todas, en realidad.

A medida que me acostumbraba a mi oficina cordillerana, al relleno del asiento, al sueldo que llegaba muy puntual a fin de mes, a las cápsulas de Nespresso (antes me parecían vulgares, después sencillamente útiles), a los compañeros de facultad (antes me parecían vulgares, después sencillamente útiles) y, muy al final, a los alumnos (antes me parecían vulgares, después sencillamente útiles), iba sintiendo cómo ese lugar me sanaba. Lo digo en términos casi místicos porque es lo que corresponde. A veces, cuando iba caminando a las salas de clases, me imaginaba en un hospital rodeado de personajes excéntricos que subían a arreglar un resfrío mal cuidado. Cada uno de los profesores tenía sus problemas y, por lo general, esos detalles eran un misterio para el resto, excepto para la decana que pasaba a visitarnos al menos una vez por semana y sin previo aviso. Nos hacía dos o tres preguntas e imagino que así medía, de un modo bastante discreto, nuestro avance o retroceso.

Yo, al menos, en un comienzo subía a arreglar un matrimonio roto, que es parecido a arreglarse uno mismo. Abría la ventana de mi oficina —diez meses me tomó tener una oficina con ventana, todo sea dicho—, apilaba libros sobre la mesa, miraba el calendario a ver si tenía clases o algo pendiente y dejaba que el aire cordillerano hiciera su magia. Con el tiempo las cosas fueron cambiando y ya subía, debo confesar con algo de vergüenza, a construir una carrera. Es decir, a publicar y a hacer clases. En el camino se me ocurrió que si me dedicaba a la filosofía de la arquitectura, una rama caprichosa de la estética, seguramente podría encontrar un nicho, es decir, un lugar sin tanta competencia desde donde construir algo. Además, si después nadie me quería en Filosofía no sería tan difícil mudarme a Arquitectura.

Dependiendo de las necesidades o de las obligaciones o del dinero —o su falta—, iba a la facultad en micro o en taxi. Al comienzo las mañanas me costaban, pero luego empecé a entregarme al trabajo con la devoción de los maratonistas aficionados, que salen a entrenar de madrugada con una felicidad prodigiosa. Mirando por las ventanas —daba igual el medio de transporte que usara y, ahora que lo pienso, puede que no dejara de mirar para afuera porque al comienzo no tenía ventanas en la oficina— veía cómo cambiaba a toda velocidad la geografía, las caras, cómo se pasaba de un país a otro; de una ciudad grande y hostil, violenta y ansiosa, a la calma pueblerina de la montaña. Estoy seguro de que en Davos, o en cualquiera de esas montañas famosas, no pasa eso y todo es más o menos parejo, una continuidad homogénea, pero solo lo creo porque nunca he estado en ninguna de ellas. El cambio de paisaje, en cualquier caso, era una transición. O la marca más evidente de una transición geográfica que yo interpretaba como el cambio espiritual entre la ansiedad y la calma.

No lo reconoceré nunca en público, y si me lo llegan a preguntar diré que es solo una licencia literaria, algo que queda bien en el papel y mal en la vida, pero estudié filosofía porque tenía cierta inclinación espiritual. Suena pelotudo, pero no lo es tanto. Digo espiritual pero también podría decir abstracta. Reflexiva. Monacal, incluso. Ya ven cómo se van mezclando las cosas y cómo mi educación religiosa se cuela por todas partes. Es una idea que veo recién ahora, en retrospectiva. Antes la hubiera rechazado con alharaca, pero ya me rendí frente a la evidencia. Quiero decir que hace unos años coincidieron varias cosas y no me quedó más que aceptarlas: la separación, tan dolorosa, y la cordillera, tan balsámica. Sin una, no hubiera descubierto la otra.

Al ojo diría que allá arriba hay dos o tres grados menos que en la ciudad, que suele ser una temperatura agradable para salir a caminar, no tanto porque me guste el frío, sino porque es distinto, nada más. Es mi pequeño extranjero. Hay pocas calles e independientemente del camino que tome, pasa lo mismo: de un momento a otro, casi teatralmente, la montaña comienza a mostrar sus costuras. Hay un montón de casas grandes y señoriales, que no podría pagar ni con tres doctorados —por ahí cerca vivía un expresidente y varios empresarios—, y de pronto, entre ellas, se asoma alguna construcción ligera, acaso un pequeño campamento teletransportado desde otra vida. Una rural, previa al desarrollo, un objeto arqueológico de cuando ese sector no era parte de una capital, sino un sitio sin mapas ni destino. Hay una comunidad de judíos ortodoxos, un par de restaurantes siempre vacíos y varios colegios grandes y, en apariencia, todavía más vacíos.

Durante los primeros días también veía a una psicóloga. Era una mujer entretenida y me gustaba conversar con ella. Tiempo después, pero todavía antes de terminar la terapia, que se extendía sin límites, descubrí que la cordillera tenía la capacidad de consolarme. Dicho así parece un poco menos místico y un poco más religioso, pero la idea es la misma. Iba a ver a la psicóloga y hablaba de mí y de lo que me estaba costando separarme de Marta, pero dejé de visitarla cuando me di cuenta de cuánto le estaba pagando. Se lo conté a un psicólogo social que trabajaba en el mismo piso de la facultad, «cuando descubres cuánto estás pagando, la terapia ya dio resultado», le dije. No recuerdo qué respondió, pero imagino que me encontró la razón. Ya no la necesitaba (a la psicoterapeuta, a la razón la sigo necesitando), en buena medida porque tenía la montaña (eso no se lo dije ni a ella ni a él, por supuesto, pero lo dejo aquí por escrito).

El aire era agradable, ligero, y en nada se parecía al de mi barrio. Creo que ya lo dije. Esas caminatas reparadoras a las que me fui acostumbrando marcaban un poco la jornada. Eran un modo útil de administrar el día. Almorzaba con el psicólogo social o con la pedagoga, conversábamos de fondos concursables y de becas, de grupos de estudio, de alumnos frágiles y flojos y, sobre todo, de los rumores, que volvían como las olas, de que cerrarían Humanidades más temprano que tarde. Después del café a veces caminaba por el campus, y luego volvía a la oficina. Miraba un punto fijo, volvía sobre el calendario —allí tenía anotadas las visitas al médico, el pago de las cuentas y el plazo fatal para postular al congreso de la *International Society for the Philosophy of Architecture*— y luego abría un archivo de mi computador. Miraba un ensayo a medio escribir con sospecha y si le cambiaba una coma me daba por pagado.

Lo terminaría algún día, de eso no tenía dudas.

Después de esa primera clase, cuando Echaurren desapareció por el pasillo con su mochila a cuestas, me demoré en guardar mis cosas —la *Ética* de Aristóteles, un libro de Peter Singer que pensé que necesitaría (no fue así), mi laptop (que tampoco llegué a abrir)— e incluso me tomé un tiempo exageradamente largo para borrar la palabra ÉTICA del pizarrón. Era extraño. Iba letra por letra, de a poco, como si en ese ejercicio otras cosas también fueran desapareciendo. Intercambié tres palabras con la señora de la limpieza, que parecía sorprendida de encontrarse con alguien a esas horas, y salí contento, casi pleno, diría, después de hablar como un poseso sobre qué era o cómo podíamos entender la ética o la vida buena.

Para volver a mi casa tenía que cruzar el patio, y lo hice envuelto en ese aire frío y limpio que aparece en las noches, casi como si cayera rodando desde la cima de la cordillera. Me detuve en una banca, y en un acto que me pareció un poco teatral, busqué un cigarro en los bolsillos de mi chaqueta. Había dejado de fumar hace años, casi seis, así que no encontré ninguno. Miré en cambio el teléfono, en un gesto compensatorio. Mientras revisaba los mensajes de Amanda, cruzaba las piernas y sentía con claridad el cariño de la montaña: las rocas y los arbustos y las estrellas y la poca gente que daba vueltas por el campus a esa hora, e incluso yo mismo, después de tanto tiempo, estábamos en orden.

Quizá durante dos o tres días, gracias a Echaurren, había dejado de pensar en mi artículo a medio terminar sobre la ironía en la arquitectura paraguaya, que me había perseguido durante tanto tiempo, e incluso en Marta, que cada cierto tiempo volvía a mi cabeza como uno de esos cometas que van y vuelven. Después de tanto tiempo aún se me venían a la mente, así como fantasmas o apariciones, escenas domésticas que no me lograba quitar de encima. O que al menos me pesaban. No eran peleas a gritos ni mucho menos platos rotos o grandes escándalos, que también los hubo, sino comidas en silencio bajo el reloj que avanzaba con calma en la pared, siestas de las que fingía no despertar y una sospecha que volaba con soltura, al modo de un cuervo ágil y chillón sobre mi cabeza. Era una vida que se negaba a desaparecer, que pegaba manotazos de náufrago para sobrevivir en mi día a día, así como algunos agonizantes patalean un poco y con furia sobre la camilla antes de apagarse y morir.

Amanda, con los ojos pintados de negro y un corte de pelo de bacinica, como los Beatles en su mejor momento; con esa ligera y contagiosa felicidad —que en realidad era gin o vodka, dependiendo de si era día laboral o no— a la que me tenía acostumbrado, me decía que dejara ir a Marta. A su fantasma. No lo decía de ese modo, pero sí de uno parecido y yo siempre tendía a hacerle caso, aunque no me resultara tan fácil.

Apenas me separé tuve que buscar un lugar en el que vivir. Fue uno de esos procesos que de por sí son terribles, pero con apuro y pena son todavía peores. Todo me parecía caro, lejano, malo, triste. Los corredores de propiedades, para mi mala suerte —y la del mundo entero, en realidad—, eran el gremio más sinvergüenza del planeta, y yo lo sabía de antemano, así que me presentaba cada vez con una peor disposición. El metro nunca estaba lo suficientemente cerca, y cuando lo estaba, era en un punto en que llegaba a ser peligroso. Las panaderías de ese lugar eran malas, el otro barrio tenía mucha vida nocturna, el de más acá tenía mala reputación y el que me gustaba, sobra decirlo, no lo podía pagar. Y así, hasta que por cansancio di con el departamento que ocupo desde hace años. Durante la misma mudanza, casi como una premonición o una señal del destino, reconocí a Amanda. Y digo que la reconocí porque la conocía de antes: había sido amiga de una polola que tuve en el colegio, y de otra que tuve más tarde. La había tratado superficial pero sostenidamente. Primero a los diecisiete, luego a los treinta. La vida nos juntaba con cierta insistencia, así como el polvo de una casa que, a la larga, termina bajo la misma escoba.

Me la encontré el día de la mudanza, decía. Iba paseando a su perra, cerca de Eliodoro Yáñez con Roberto del Río. La perra se llamaba Ella —se pronunciaba Ela, así como Ella Fitzgerald, un detalle que me pareció de una siutiquería enorme— y, por arte de magia, ya no estaban nuestros conocidos en común e incluso, sin darnos cuenta, habíamos cumplido cuarenta años. Nos reconocimos sobre la vereda y nos saludamos con la sorpresa y la complicidad de un pasado más o menos en común. «Yo sé de dónde vienes» podría haber sido el subtítulo de esa conversación algo torpe e incluso lenta, que tomaba un poco más tiempo de lo habitual como para que cada uno pudiera recordar el nombre de quien tenía enfrente. Sabía que Amanda se había separado dos veces, aunque nunca se casó formalmente, y luego confirmé que era una soltera profesional: comía poco y tenía la casa muy bien ordenada, el refrigerador siempre estaba vacío y las plantas crecían tan vigorosas que dominaban todo el espacio. Lo más curioso, y que en algún sentido era el gran misterio que me hacía pensar en ella como una soltera empedernida, es que escribía todas las semanas de jazz en *El Mercurio*. Era un trabajo que me sonaba raro e imposible. Casi sacado de una era mitológica. Creo que, a esas alturas, no conocía a nadie que leyera diarios impresos y mucho menos que escribiera de música en ellos (y para qué decir de jazz). Mucho después, en un momento de flaqueza, llegué a pensar que toda su vida podía ser una mentira, un gran invento o una puesta en escena. Y no era raro que lo pensara porque Amanda era parte de un mundo que se me hacía extravagante y pasado de moda; demasiado nocturno, vaporoso, decadentemente glamoroso, un mundo en extinción y que conocía solo de oídas. Sus amigos parecían comer afuera todas las tardes, en restaurantes o cafés, iban y venían, vivían como si no tuvieran cuarenta, sino veintiocho años y ninguna necesidad de trabajar. Se veían jóvenes, flacos, valientes, hermosos. Yo, en cambio, juntaba todos los meses plata en mi APV, me había hecho dos colonoscopías, tenía un buen seguro de salud y sentía el peso de la muerte desde hacía un puñado de años. El mundo de Amanda, no sé si lo dije, olía a gin y a fiesta. El mío, supongo, a café con leche.

Cuando empecé a cruzar seguido a su departamento, no pasaron ni tres días antes de que me preguntara a mí mismo si ella se acostaría con todos esos personajes que daban vueltas por ahí o con ninguno. No sabía qué responderme y, cada vez que subía, miraba con curiosidad mi reflejo en el espejo de su ascensor, como si en mi propia imagen estuviera la respuesta. A veces también me preguntaba si algún día terminaríamos en la cama y tampoco sabía qué pensar.

Nuestra amistad comenzó así: después del primer encuentro en la calle, y tras cruzarnos varias veces en el barrio, un día tocó el citófono de mi departamento y, de la nada, me preguntó si podía cuidar a Ella y a sus plantas durante dos semanas. Se iba con un trío y un quinteto de jazzistas a Buenos Aires. Viajaba a un festival del que yo no había escuchado ni una palabra. Ignoro si iba a trabajar o a pasear con los músicos, pero mi misión sería bastante pedestre: sacar a la perra en la mañana y en la tarde, conversarle, regar cada un par de días las plantas que tenía repartidas en su departamento, y poco más. Las instrucciones, muy detalladas, las dejó sobre una mesa oscura, de una madera sólida y pesada, que de seguro heredó porque mesas así ya no las venden en ninguna parte. Me resultaba evidente porque por esos días, precisamente, me dedicaba sin muchas ganas a comprar muebles y electrodomésticos, y mi casa, sin quererlo, se iba convirtiendo en un lugar donde todo era nuevo y desechable, de una estandarización radical, mientras que en el departamento de Amanda todo parecía viejo, partiendo por los discos de vinilo de tercera o cuarta mano, un contrabajo polvoriento, apoyado contra una pared del comedor, y las manchas negras de humedad que envejecían en las paredes del baño.

Mi debut en su vida, ahora que escribo esto, descubro que fue como testigo de sus cosas, más que de ella misma. No fue una mala introducción, por supuesto. Además, salir a pasear a la perra me servía para soportar el cambio de vida y conocer el barrio a horas en las que no solía estar afuera. La decana me conseguía clotiazepam —su marido era médico y generoso: una combinación celestial— y yo me tomaba una o dos pastillas al día, una antes y otra después de ir al trabajo, y me dedicaba a intrusear las cosas de Amanda con cierto pudor y las pupilas dilatadas.

De a poco me fui quedando. Ella volvió de Buenos Aires según el plan, ni la perra ni las plantas murieron, y yo seguí apareciendo en la puerta de su departamento, y por eso, es decir, por una serie de encuentros que se fueron repitiendo, no me sorprendió —ni me sorprendía— encontrar sus mensajes en mi teléfono.

Me acomodé en la banca del campus, decía, y le conté que había salido de la primera clase con el famoso Echaurren. Ella me dijo que le diera detalles, pero cuando pasara a su casa; allí estarían algunos de sus amigos, esos estudiantes exiliados en el mundo de Peter Pan, y pretendía que me sumara a ellos. Le respondí que sí, que lo haría, aunque en realidad no tenía ganas de ver a nadie. Me podría haber quedado en esa banca un tiempo indefinido, infinito, hasta transformarme en una momia digna de los chinchorros. Todo parecía en orden, como cuando, una vez a las mil quinientas, los planetas se alinean y quedan derechitos, uno detrás de otro en una fila que parece imposible y algo ridícula.

No es un milagro menor, pensaba mirando al cielo.

Es una buena pregunta: cómo vale la pena vivir. O qué es una vida buena. Al menos a mí me parecía algo interesante de responder, una pregunta digna de dedicarle la vida entera, incluso. Y Echaurren, ya en la segunda clase y otra vez bajo la luz blanca de la sala, parecía estar de acuerdo, o eso creo, porque me miraba muy interesado, concentrado, tal como en una operación rápida y peligrosa, una de esas en que movía cientos de millones de pesos en la bolsa: los dos codos sobre la mesa, los anteojos en la punta de la nariz y las manos juntas, sosteniendo su pera.

Comenzamos con Platón porque, como decía Alfred North Whitehead, la filosofía occidental no son más que pies de página a los diálogos de Platón, y aunque suena un poco exagerado, quién soy yo para contradecirlo. Partimos por ahí, entonces. Esa tarde escribí PLATÓN en la pizarra, y mientras lo hacía, Echaurren sacó de su mochila un ejemplar del *Cármides* sin dejar de mirarme, moviendo el brazo automáticamente hasta su mochila y llevándolo de vuelta a la mesa. De entre las páginas salían un par de papelitos de colores, indicándome sin querer que lo había estado leyendo, y de pronto ese hombre, que podría tener la edad de mi padre, me pareció desvalido, quebrado, desesperado y en busca de una respuesta. Echaurren venía llegando a la montaña mágica, sin dudas.

Los profesores de filosofía somos famosos por decir que tenemos preguntas y no respuestas, y aunque suene fácil e idiota, un cliché entre tantos otros, no deja de ser cierto. Como ser comunistas. Todos creen que somos comunistas. Que los profesores de literatura son comunistas, que los de historia son comunistas, que los de filosofía somos comunistas y no lo somos ni de cerca (pero sí somos lo que la mitad de Chile imagina que son los comunistas). Ese tipo de malentendidos se encaraman uno sobre otro, como una lasaña conceptual, pero antes de que me vaya por las ramas, debo decir que esa tarde, y tal vez por culpa de la montaña, que me permitía ver de otra forma a Echaurren, aunque de seguro también por culpa de Platón, que tiene mucho que ver en esto, le dije que se pusiera de pie y me acompañara.

Peripatetismo, le decían al sistema, acaso a la metodología de Aristóteles, que era muy parecida a la del otro Sócrates. Íbamos a hacernos preguntas caminando. Así se había comenzado a construir la ética, y así, le dije, la podríamos seguir haciendo nosotros.

Esa tarde, que ya estaba oscura y algo helada, la dedicamos a caminar desde el campus hacia la cima de la montaña. Después del último edificio de la facultad, ya no había nada, solo campo, un peladero que subía sin delimitaciones ni rejas hasta la cumbre. No se podía llegar hasta la punta de la cordillera, por supuesto, pero se podía caminar con libertad por ese terreno árido y café, lleno de pequeños arbustos, piedras y plantas que parecían secas y en busca de ayuda. La montaña, sin embargo, ofrecía sus encantos. Por ejemplo, la vista panorámica de una ciudad lejana e imposible, que, paradoja mediante, era nuestra misma ciudad, tal como en esas películas en que alguien se desdobla y se mira desde fuera.

Después de tantos años, le dije a Echaurren, no me cansaba de mirar Santiago desde las alturas. A veces el cemento refractaba con furia el sol, y otras, quizá la mayoría, una capa de polvo la escondía, pero siempre resultaba fácil de admirar. Echaurren llevaba el cuello de su chaqueta subido y las dos manos en los bolsillos. No se quejaba pero parecía tener frío. «Es un problema —me dijo indicando las luces de colores que brillaban en la oscuridad— que nosotros estemos acá y el resto allá. Literalmente lo miramos todo desde arriba, qué culpa vamos a tener. Y acá en la precordillera, con tanta distancia, a veces se está muy bien y las cosas se ven distintas».

Yo seguí caminando, preguntándole detalles del *Cármides* —sobre la prudencia o la sensatez—, aunque su comentario sobre la montaña, sincero y elíptico, me resonó durante horas.

Ellos allá, nosotros acá: Echaurren constataba una distancia, pero se ahorraba comentarios y juicios de cualquier tipo. Daba cuenta de un hoyo, una fosa, un espacio que estaba ahí y no quedaba más que aceptarlo con la misma resignación con que uno se entrega al sol de enero o a las borracheras de septiembre.

Cuando esa noche llegué al departamento de Amanda —porque ese martes volví a ir a su casa— lo hice pensando en esa distancia —vital, geográfica, imaginaria— a la que hacía referencia Echaurren, pero bastó que cruzara la puerta de ese departamento para que el humo del cigarro, o acaso los vapores mágicos del gin, me transportaran de golpe a otra cosa. ¿A cuál? No estoy seguro.

La perra me saludó haciendo círculos a mi alrededor y dos amigos de Amanda que no conocía, también jazzistas, o eso parecían, estaban por ahí comentando el último disco de una chilena que acababa de grabar con Wadada Leo Smith y Joëlle Léandre. Figuraban echados sobre un sofá y a pie pelado. La noche estaba fresca —las cortinas corridas de par en par— y arriba no se veían estrellas, como pude comprobar un par de minutos después. Amanda me preguntó si quería marihuana y, aunque no fumo, le dije que sí.

Cuéntame cómo es, me dijo en la terraza, dándole una fumada al pito antes de pasármelo.

¿El pito?

No, ese viejo cochino.

Amanda tenía los ojos brillantes, casi como los faroles que estaban en la vereda, y se apoyaba contra la baranda del balcón que miraba a Eliodoro Yáñez, a la espera, imagino, de mi respuesta. Yo, en cambio, la miraba a ella y me parecía hermosa de un modo lejano y exótico, que es la forma, creo, de la verdadera belleza. Me seguía pareciendo nueva e incomprensible, una habitante de un mundo al que no terminaba ni terminaría de tener acceso.

Mucho mejor así.

Aprendí a ahorrar con el paso del tiempo. Cuando era niño nunca me insistieron en el valor del ahorro y en temerle a la plata como a una bestia feroz y difícil de domar. Eran los años del crédito fácil; cualquier cosa valía poco. El ahorro era de tontos o anticuados, que era más o menos lo mismo, porque lo que tocaba era pedir prestado y luego, más adelante, en ese juego de optimismo desatado que suponía el crédito, llegaría el momento de pagar. O de refinanciar, en realidad, y volver a pedir prestado.

Eso que parecía ingeniería financiera de última generación, visto desde hoy era pura ideología o ingenuidad muy propia de los años noventa: si todos teníamos las mismas zapatillas o el mismo juego de platos no solo éramos iguales, sino que estábamos donde debíamos estar. Así era. Así debía ser. La historia, a fin de cuentas, había terminado y lo que quedaba era cambiar cada doce meses la aspiradora y el microondas.

Recuerdo una clase, hace ya muchos años, en que un profesor de Filosofía Medieval —una autoridad en el libre albedrío según San Anselmo— se paró frente a nosotros, se echó el pelo para atrás mientras aguantaba un flato indiscreto, y nos dijo que para hacer filosofía tal vez lo más importante, o acaso lo primero, era tener plata. Nos contó que tenía un par de acciones que rentaban bien y que invertía con regularidad. En ese momento su historia me sonó a provocación financiera o a eslogan economicista, a una de esas tonteras que yo mismo digo para atraer la atención de los alumnos, por pura teatralidad o coquetería.

A mí, por lo demás, cuando era joven me interesaban las cosas lindas e importantes. Y lo importante, por supuesto, no se transaba en ninguna bolsa ni aparecía en las páginas color salmón de los diarios financieros.

Era cierto que estaban Diógenes y el otro Sócrates, que no necesitaban plata, que le daban la espalda al mundo (uno más que otro), pero yo no pretendía ser como ninguno de ellos, pese a que eran mis filósofos de cabecera, si es que algo así existe. Lo mío era la filosofía de salón. No lo pensaba en esos términos y menos en esos años, cuando creía ser valiente y temerario. Era joven y me sabía moralmente intachable. Inmortal. Incluso hermoso. Y siempre en lo correcto. Estaba arriba y no veía por qué debía bajar. Podía entender algunos libros de Gottlob Frege o incluso unos pasajes de Heidegger, pero no la tensión que consumía a miles de millones y que hoy me consume a mí también: me interesa la plata porque quiero otras cosas, como escribir y leer, pero para tener plata debo hacer cosas, que, tal como Bartleby, preferiría no hacer (porque quiero leer y escribir).

La plata para Echaurren era una cosa muy distinta. Un animal de otra especie. O algo de otro reino. Su interés no tenía que ver con lo que se podía comprar ni con el tiempo libre o la seguridad que prometían los ahorros. Mucho menos con el poder, o con su versión cinematográfica. Lo fui aprendiendo de a poco, que es como se aprende cualquier cosa. O al menos como lo hago yo, sobre todo a mi edad (la cabeza es un músculo más). Después de un par de tardes paseando por la precordillera, comentando capítulos o ensayos con los pies medio embarrados, cubiertos por bufandas y gorros de lana, preguntándole cómo sabía que una vida era una buena vida, o si teníamos el deber de cuidar a los animales, o mejor: ¿qué era lo bueno?, o, ya que estábamos en eso, ¿había solo una forma de vivir bien?; después de caminar con el viento pegándonos en la cara, de llegar cada día vestidos más como alpinistas y menos como estudiantes de ética, después de ese tránsito peripatético con zapatos no sé si de *trekking* o de alta montaña, decía, fui cayendo en cuenta de que a Echaurren la plata le importaba poco y nada. Por un lado, la tenía y, por otro, lo pasaba bien multiplicándola. Le gustaba armar proyectos, concretar ideas, comprar barato y vender caro.

Era una forma de vida como podía serlo la filosofía o la medicina, o incluso los viajes espaciales. Echaurren no buscaba plata, nada le interesaba menos, sino una vida a través de la plata. Crear valor, decía él. La diferencia parece tonta, pero es grande y honda. El valor requiere desprenderse y no necesitar. Dejar ir la plata, repartirla, con la confianza de que ya volverá. En uno de esos paseos, me dijo que para ganar plata con acciones de la Compañía de Aceros del Pacífico, por ejemplo, había que comprar en el peor momento, cuando dolía y todo estaba en rojo, cuando la gente escapaba y quería salvar dos o tres chauchas. «Cuando te dicen que eres un estúpido o un suicida, ahí, en ese momento y no en otro, hay que poner plata y dejar quc caiga, perder sin que te importe porque luego, quién sabe cuándo, pero luego, eso no lo dudes, subirá y ahí sí que se gana». Pero para ganarla antes hay que dejarla ir, no sé si será como el amor, me dijo, pero hay que entenderla como un flujo muy parecido a la vida, una energía que circula entre nosotros y que puede tener miles de formas misteriosas que uno no domina ni entiende del todo: el enamoramiento, la felicidad, la esperanza, el miedo. El dinero era un flujo más, que convendría aprender a domar o a esquivar.

Echaurren decía todo eso con su pelo canoso revuelto por culpa del viento, respirando fuerte, medio agitado, con sus cejas tupidas como antenas listas para captar señales del espacio exterior. La barba la llevaba algo más crecida. Abajo y a lo lejos se veía la ciudad, donde vivía toda esa gente que lo apuntaba con el dedo, tal como yo apuntaba a muchos cuando era joven y no me importaba nada más que la belleza y una serie de valores taxativos.

Después de un par de clases, recién me había animado a preguntarle exactamente en qué trabajaba, porque no lo entendía. Pensé que me diría algo concreto y relacionado con algún organigrama —gerente o director de algo—, pero muy por el contrario eran mil cosas o ninguna. Algo que no tenía nombre. Me costó entenderlo porque, en realidad, era otra forma de vida. Y era otra de un modo radical, que hacía fácil juzgarla como se puede juzgar con ligereza una injusticia en un país lejano y del que se conoce apenas un *hashtag* y una bandera.

Esa tarde de ventolera y cielos grises comentamos unos fragmentos del manual de Epicteto, el que anotó Lucio Flavio Arriano, que a Echaurren le hicieron mucha gracia. Se quedó pensando y, después de echarse el libro delgado en el bolsillo trasero del pantalón, me dijo que era así. Que uno escogía cómo interpretar la realidad, o el sitio en el que se ponía.

Me decía, por ejemplo, que lo mismo pasaba con el poder. Nadie lo quería. Estaba ahí, más o menos al alcance de cualquiera, «pero hay que trabajar para él, entregarse, ser un siervo suyo. Nadie lo recibe gratis. Nadie que tenga poder no ha pagado el precio. Al revés de lo que pensarías —me dijo—, nadie quiere el poder, absolutamente nadie; todos salen corriendo para no cargar con las responsabilidades, para no ser su esclavo. Con la plata pasa lo mismo. La quieren gratis, y no se puede».

En ese momento pensé que se lavaría las manos y diría que él, con nuestras clases de ética, estaba pagando el pato por atreverse a seguir la plata, por dar la cara, pero cambiando con rapidez el tema dijo que la idea de Dios y de la naturaleza, así como una gran y misma cosa, le pareció estupenda y feliz. «Siempre he creído que Dios está en todas partes, como en esta montaña», remató. De hecho, parecía tan contento que me preguntó si andaba en auto. «Yo te llevo», dijo con una seguridad apabullante y paternal de la que era difícil escapar y que, si miro en retrospectiva, incluso necesitaba. Al poco rato —ni modo— estaba sobre su Lexus LS. Para más señas, en el asiento trasero junto a él, mientras el chofer, un tipo de pelo corto y vestido rigurosamente de negro, decía «ah, mire, este es el profe» y comenzábamos a andar como se anda en esas máquinas que parecen levitar.

Era una sensación que me llevó de golpe a la infancia. Una muy parecida a la seguridad que sentía frente a mi padre, que luego de viajar como jipi sentó cabeza y se dedicó a vender camisas y corbatas con relativo éxito; la certeza de que en su casa, que me parecía gigante y eterna, nada malo podía pasar, que los límites y los contornos del peligro eran fijos y lejanos. Podrían existir problemas, por supuesto, y tal vez problemas grandes, pero dentro de esas paredes las cosas estaban y estarían bien. No era una seguridad como tantas otras, sino una radical y profunda. Una certeza única que, si algún día tengo un hijo, quisiera darle.

Cuando me separé de Marta, por ejemplo, no logré dormir durante días, aleteaba en un insomnio angustiante y oscuro, alternaba entre sofás de conocidos y arriendos temporales, encontraba consuelo en poco y nada, no lograba pensar con claridad, todo se mezclaba y me resultaba opaco, hasta que un fin de semana me fui a la casa de mis padres. Me eché en una cama que ni siquiera había sido mía y volví a dormir. Era algo conocido, no el lugar en sí, sino el pasado.

Ese tipo de seguridad atávica, que proponía un tiempo y un espacio alternativo, acaso mitológico, era la que irradiaba Echaurren y, dado el caso, el cuero café y tenso de los asientos de su Lexus LS. Porque apenas me senté, no tuve más dudas sobre el poder de seducción de la plata o de la seguridad. Era muy fácil entregarse a ese tipo grande, redondo, que hablaba con una voz que recuerdo suave y algo delgada —no quisiera decir ridícula como para salir de un cuerpo tan grande como el suyo.

Vamos a comer, me dijo, tenemos que alimentarnos, ya es tarde, volvió a decir, mirando su reloj. No recuerdo que le haya dado alguna instrucción al chofer, pero al rato —después de dar unas pocas vueltas en ese barrio sin peatones, lleno de casas intimidantes, de jardines de un verde sobrenatural y de guardias privados; un mundo de portones eléctricos, de regadores automáticos y conos naranja—, casi sin querer, el auto se detuvo en un pequeño centro comercial. Eran locales de un suburbio cualquiera —tiendas baratas y reconocibles, esas que están en casi cualquier ciudad del planeta, de un piso, una al lado de la otra, frente a un estacionamiento que era diez o quince veces más grande que las propias tiendas—, nada más lejos, pensaba, de un tipo condenado por pagarle durante años a la derecha y a la izquierda, por financiar a medio congreso para dictar sus leyes y esparcir su influencia.

No es que Echaurren fuera una fuerza oculta, el dueño de este país largo y delgado, porque tal como él había —y habrá— otros treinta o cincuenta, o tal vez cien. Tal como pasa con todas las cosas desconocidas, visto de lejos ser un financista ilegal de la política suena más oscuro y misterioso de lo que en realidad es. Los políticos piden donaciones, y él, que sabe esperar como a veces espera por las acciones de la Compañía de Aceros del Pacífico, también sabe dar. Son las viejas y eternas reglas de la agricultura, que sentaron la posibilidad de cualquier sociedad moderna: siembra hoy y cosecha mañana.

Cada uno pidió un cuarto de libra —con papas grandes y Coca-Cola— y nos sentamos en la última mesa plástica de las de afuera, en el borde de ese estacionamiento. Un farol nos alumbraba justo arriba, como la lámpara de un camarote que estuviera a oscuras y amenazado por el viento.

Unos hilitos de mocos muy líquidos se iban a la punta de mi nariz. Mordimos y masticamos con ganas. Las caminatas al aire libre cansaban y, además, yo intentaba estar siempre atento y concentrado para no dejar de interpretar el papel del profesor. Por ese cansancio, tal vez, me echaba con fascinación las papas fritas saladas y calientes a la boca y escuchaba cómo Echaurren seguía contándome su versión de la historia, que no tenía mucha historia: a veces tocaba la puerta un viejo conocido, un político que le caía bien, amigo de algún amigo suyo, o incluso, un amigo de ese otro amigo, y le daba un cheque, que le gustaba firmar un poco teatralmente, como si estuviera sobre un escenario, por asesorías inexistentes. Eran solo gastos operativos. Nada más y nada menos. A los amigos o a los cercanos les daba más y más seguido. A los otros, menos. La plata es el sistema nervioso del mundo, me decía, pero nadie lo entiende y por eso la plata tiene mala fama. Cualquier cuerpo la necesita para moverse, para ser feliz, ninguna idea va a crecer sin plata. ¿Cree usted, profesor, que tendríamos ética sin plata?, dijo, y le pegó otro mordisco grande a la primera de las dos hamburguesas que cada uno terminaría comiendo esa noche.

Imagino que para Echaurren la plata estaba viva y se ceñía a sus propias leyes, que no se parecían a las nuestras (o a las mías, al menos). Él, de todos modos, sabía que lo habían juzgado con las leyes de la ciudad y no con las suyas. Lo tomaba con entereza y, en vez de la cicuta que el otro Sócrates bebió tras el juicio en que lo acusaron de corromper a los jóvenes atenienses, Echaurren se tomó al seco casi medio litro de Coca-Cola Zero con los ojos muy abiertos, como esperando mi respuesta.

Iba atrasado. No mucho. Un par de minutos, tal vez, y en esa desesperación que nada tenía que ver con lo que marcaba el reloj, que apenas cambiaba el panorama del curso que tenía enfrente, confirmaba lo distintas que eran las clases con Echaurren.

No quería llegar tarde y al final no lo hice, en buena medida, porque tuve suerte y había poco tráfico y el taxi andaba rápido, mientras yo miraba una y mil veces el reloj de mi muñeca en busca de uno o dos minutos extra.

Lo esperé todavía jadeando, junto a la puerta de la sala, que estaba abierta de par en par. Apenas un puñado de alumnos paseaban por el edificio sin un destino muy claro, y cuando lo vi al fondo del pasillo, caminando como un hipopótamo en la orilla del pantano, levanté la mano y lo saludé a la distancia. De hecho, ni lo esperé porque de inmediato fui con determinación hacia él. «Vamos, vamos para afuera», le dije cuando ya estábamos solo a un par de metros, en la confirmación de que nuestras clases estaban condenadas a las caminatas por la montaña.

«No entendí lo de Spinoza», me dijo de inmediato, antes de salir del edificio, como si fuera algo urgente. «¿Qué chucha tiene que ver su *Ética* con la ética?».

«Lo tengo más o menos claro —le respondí algo sorprendido por la pregunta, tan a quemarropa— y, por lo mismo, lo puedo explicar solo más o menos, pero Hegel decía que si se quiere comenzar a filosofar en serio, primero hay que ser spinozista. Lo mismo podríamos decir de la ética». A Echaurren esa cita, de la que me sentía muy orgulloso, no le decía nada, quizás mucho menos que el libro de Spinoza del que había leído un fragmento respetable durante la semana. Yo le respondí con la generalidad de rigor: Baruch Spinoza puso el mundo patas arriba. Si quieres hacer buenas preguntas, o si quieres llegar a algunas respuestas, es necesario tener esa vocación, digamos, revolucionaria o spinozista.

La filosofía, le dije al poco rato, como para corregirme, mientras nos perdíamos otra vez en la montaña, es un sendero duro y rocoso, como este mismo camino que vamos improvisando clase a clase. Me sentí un poco ridículo hablando en esos términos, pero me pareció justo. O sincero. Y por sincero quiero decir real. Al final, le dije, Spinoza, que era un judío de Ámsterdam famoso por su expulsión de la sinagoga, que tenía fama de ateo y de escandalizador, decía que estamos obligados a buscar el bien solo porque está a nuestro alcance. Y ese bien, decía, es la unión del pensamiento con la naturaleza humana.

«El hombre es naturaleza, además. Y al mismo tiempo Dios es la naturaleza. No hay espiritualidad en nuestra vida y, en un sentido, el alma es la mente. Somos cuerpo en acto. *Somos siendo* —le dije—. Las ideas, en otras palabras, las formamos a través de los afectos, por medio de nuestro cuerpo. De eso no se duda: somos cuerpo. Y por lo mismo, de refilón, Spinoza se cargaba a la Iglesia, a Descartes y a su duda sistemática. Cuerpo y alma son la misma cosa, un solo momento, un suspiro, que es la naturaleza entera».

Supongo que, para ese momento, Echaurren seguía sin entender mucho, pero de cierto modo estaba satisfecho. Se veía en sus ojos. Creo que todos hemos vivido ese instante en el que uno no entiende y, sin embargo, avanza. Continúa. Acepta. Confía en que algo se revelará durante el camino. Es como si de repente, por pura insistencia, la verdad fuera a ceder como la tapa de un tarro de pepinillos que no quiere abrir y de pronto, ¡paf! Es más: estoy seguro de que muchas veces he buscado no entender, como si en esa ignorancia, o en eso que se me escapa, estuviera lo cierto. O mejor: lo incuestionablemente cierto.

El hombre virtuoso, seguí, un poco envalentonado, busca actuar con compasión, y la felicidad es la recompensa de esa virtud. Ahí está la ética, le dije. Para Spinoza tampoco hay una verdad que se pueda separar del lenguaje en que se expresa. Si se dice algo cierto, la forma de hacerlo es también parte de la verdad. Los medios de la verdad son la verdad misma. O son equivalentes, insistí con las luces de la ciudad otra vez allá a lo lejos, y sus ojos grandes se abrieron de golpe.

Fue como un flechazo. Se quedó callado un rato y luego repitió en voz alta eso de que la forma determina al fondo; y el fondo, la forma. Parecía feliz, de hecho, dominando ese pequeño trabalenguas, mientras el viento bajaba de sopetón desde la montaña. Algo intuyó, creo.

No sé si lo estoy entendiendo bien, dijo más adelante, mientras se apoyaba en la rama de un árbol pequeño, enclenque, que no terminaba de crecer. Yo lo miré en silencio un par de segundos y jugué mi otra carta spinozista, la que nunca falla: da lo mismo, le dije, el error es parte del pensamiento. No es una falta. No es un vicio. Es la manera en que se producen las ideas de un alma que está en un cuerpo.

Fue otra jerigonza, ahora que lo pienso, pero Echaurren se la tomó bien, como si las clases de ética, en vez de castigarlo, como pretendía el juez y el Consejo de Defensa del Estado, le permitieran equivocarse. Como si no quedara más que caer en falta para luego remediarlo. La vida es un gran parche, le dije, y esa posibilidad de redención creo que lo puso contento.

Unas gotas locas comenzaron a caer del cielo, mojándonos un poco la cabeza, y dijo que estaba bien, que no entendía al tal Espinoza —lo pronunció así, con la *e* bien marcada—, pero que tampoco sentía la obligación de hacerlo.

Cuando íbamos de vuelta, me preguntó si quería que su chofer me fuera a dejar a la casa.

Le dije que sí.

«Ven, sígueme», dijo Amanda con una risa nerviosa y casi infantil. Iba otra vez vestida de negro, ahora con un pañuelo rojo en el cuello, y con su corte de pelo a lo Beatle, y yo atrás, caminando por un *hall* gigante y casi vacío, dispuesto a construir una vida a costa de ella. Suena algo exagerado, pero después de Marta mi vida social e imaginaria dejó de tener sentido, medio que se cayó por un barranco, así como los autos en las teleseries, y no me quedó más que confiar en Amanda. La seguí e incluso creo que la seguí con la devoción de un converso.

Fue más o menos lo de siempre: la noche en que salí arrastrando una maleta del departamento que compartía con Marta, algunos conocidos se alejaron, otros desaparecieron y a la gran mayoría la ignoré. No tenía ganas de resumir historias ni de que me dieran ánimos. En la facultad tenía la compañía involuntaria de los otros pacientes del sanatorio y de la tirita de clotiazepam que cada semana me entregaba la decana, así como una hostia dominical, pero cada vez que bajaba a la ciudad, las manos me picaban. O las orejas. El cuerpo me indicaba que la vida de montañista no era posible y que llegado un momento había que volver al ritmo de Santiago.

Píndaro tiene un poema lindo que en una parte dice: «La excelencia humana crece como una vid, nutrida del fresco rocío / y alzada al cielo húmedo / entre los hombres sabios y justos». Martha Nussbaum, que tras la aparición de Echaurren terminó siendo otra de mis filósofas de cabecera, y a propósito de estos versos, alguna vez se preguntó cuánto se debe al contexto y cuánto al ser humano. Qué tan buena puede ser una planta si crece en sequía o en tormenta, si la tierra es mala o si la cuidan con esmero. No sé si el ejemplo sea bueno. Explicado así parece un asunto botánico, pero ya imaginarán que era una disquisición sobre la ética y la vida buena. Hace unos años bajaba de la facultad después de hablar sobre estas mismas cosas, en una de tantas clases, cuando decidí que necesitaba mucha agua y sol. Montones de nitrógeno, potasio, fósforo y magnesio. Una buena tierra, por decirlo de alguna forma.

Llevaba un tiempo dando vueltas alrededor de Amanda, cuidando a su perra, encontrándomela en el minimarket, saludándola en la calle. Y así la comencé a seguir como un girasol y también la seguí esa noche en que dio esa media vuelta teatral y dijo «ven, sígueme». Íbamos los dos caminando por un *hall* ridículamente grande, decía, en la casa de Echaurren.

A nuestros costados no había nada: espacio, un poco más de espacio y los ventanales, que en realidad eran todo: iban del techo al piso y de costado a costado. Del otro lado del vidrio, las luces de la ciudad. «Ven, sígueme», dijo como si conociera ese lugar y yo iba dos o tres pasos detrás, escudándome en ella.

Las cosas se aceleraron con el cuarto de libra, que es lo contrario a lo que pasa cuando se comparte comida grasosa. De hecho, después de la clase sobre Spinoza, Echaurren me dijo una hora y una dirección, pero no especificó si era una fiesta, un cumpleaños o qué sé yo qué. Al menos dijo que fuera con alguien, y hacer preguntas me dio vergüenza. Supuse que no estaba entendiendo un código, que así eran las invitaciones en ese lado del mundo, y como un muy mal profesor de filosofía preferí guardarme las preguntas.

Amanda dijo que sí, radiante como la mejor de las novias, cuando le pedí que me acompañara. Que me llevara en auto, en realidad. Estábamos en su cocina sacando unos rollitos primavera de una bolsa de *delivery*, la música se colaba desde el living y un par de amigas de ella entraban y salían con sus teléfonos en la mano. Miraban las pantallas y hablaban en un código que yo no lograba comprender. Parecían traficantes a la espera de clientes más que otra cosa. Ahí le pregunté si se animaba a acompañarme, y ella, encantada pero sorprendida de sí misma, dijo que sí, que no se perdería la oportunidad de verlo de cerca.

Y del otro lado de un pasillo iluminado encontré un salón que, en realidad, se revelaba como tres salones unidos, y al fondo, del otro lado de una puerta abierta de par en par, el comedor. Vi un cuadro grande me pareció que de Carlos Leppe y otro de Nemesio Antúnez. Y otro todavía más grande de Juan Francisco González y de Camilo Mori. No logré reconocer nada más cuando Echaurren se levantó casi de un salto —el salto de un elefante de circo, cabría apuntar— y se acercó a nosotros con la mano estirada.

«Vengan, vengan. Pasen, están en su casa».

A mí nada de eso me recordaba a mi casa, por supuesto. Y si lo hacía era por oposición, por contraste. O por las ganas de que lo pudiera ser. No tenía que ver con la fantasía del dinero ni con su promesa igualitaria y democrática, sino con la fantasía de la amistad. O del derroche. Un derroche feliz, claro. De pronto, y por una serie de casualidades que no tenían que ver conmigo, sino con un juez que tenía una oficina en el centro de Santiago, es decir, una casualidad en serio, estaba un poco más cerca de esa casa modernista, de esa vista a la ciudad oscura y lejana, llena de pequeñas luces, tan chicas que a veces parecían desaparecer. Yo soy una de esas luces ínfimas, pensé, tratando de entender la disposición de esas calles, de reducirla a un mapa. ¿Dónde estará mi casa? ¿Qué milímetro de esa gran mancha oscura seré yo?

Lo mismo, voy a tomar lo mismo, respondí sin saber qué había pedido Amanda. No quería escoger porque temía equivocarme. Tanto miedo era raro e incluso inesperado y tal vez esa abundancia fue uno de los primeros indicios. Con Echaurren volvía a tener dieciséis años y me asomaba a un mundo nuevo, a una fiesta en la que me daba miedo meter la pata y en la que ni mi artículo en *The Philosophical Review*, que durante varios años fue mi gran carta de presentación, mi caballo de batalla, mucho más que el doctorado en la gloriosa universidad de Jena, me protegía.

Nunca se me ocurrió que sería así —había ido a las marchas a las que tenía que ir, levanté un par de pancartas (tampoco muchas), invité a mis alumnos a pensar por sí solos y a rebelarse frente a la opresión, a emanciparse; creía sinceramente en el proyecto ilustrado y en el socialdemócrata—. La vida, me parecía, era para vivirla en sociedad y con justicia y fraternidad. Con amor, incluso. Y belleza. Otra cosa, claro, era ver el castillo por dentro, la posibilidad no solo de tener sino de no necesitar nada. De encerrarse a mirar de lejos, que es una deformación fácil y tentadora, que me atrajo como si fuera un imán gigante y yo una diminuta mota de hierro.

Había algo ahí, sin lugar a dudas, pero ignoraba qué.

Esa misma noche, no mucho más tarde, pero al menos después de picar en la terraza locos con mayo y algunos erizos, aunque debiera sumar también ese líquido de color dorado, el mismo chofer de pelo corto echó a andar el Lexus y nos comenzó a seguir. Iba atrás, como si fuéramos parte de una procesión, y en algún sentido lo éramos. En el auto de adelante, Amanda iba al volante, yo a su lado, y atrás, justo al medio del asiento, en el que apenas cabía, iba Echaurren con sus pantalones azules y una camisa blanca de lino. Iba decir que ignoro cómo llegamos a eso, pero si lo pienso un poco no me cuesta nada imaginar a Amanda contándole con los ojos muy abiertos del concierto de un quinteto de australianos que tocaban jazz afrocubano y, en general, de músicos y fiestas y locales nocturnos que escondían un Santiago que a Echaurren le resultó desconocido. Las palabras que salían de los labios rojos de Amanda, que seguían pintados como hace horas, funcionaron al modo del canto de una sirena que, por algún motivo, caló hondo —o con rapidez, al menos— en su nueva vida de inculpado. O de corrupto.

Echaurren había dejado de ser joven hace mucho tiempo e incluso, si lo pensaba bien, mientras bajábamos rumbo a la ciudad, puede que nunca lo hubiera sido. O no de ese modo ceremonioso en que la juventud parece una homilía en la que hay que cumplir con ritos, rituales y cánticos. Una obligación, más que otra cosa, de la que él nunca se enteró. Una visita a un club de jazz, al menos esa noche, no alcanzaba a ser una promesa de reinicio o algo parecido, pero sí un punto de partida. Algo es algo.

Durante nuestras caminatas por la montaña yo le hablaba del bien y de lo bueno, acaso de Dios y del amor, de la responsabilidad utilitarista de reducir el sufrimiento, de evitar el dolor innecesario incluso en los animales, de que vivir reflexivamente es la única forma de vivir bien, pero ahora pienso que puede que él haya encontrado todo eso directamente en los ojos de Amanda, que esa noche estaban pintados de lila o de un rojo más oscuro. No era un mal lugar para encontrarse con esas cosas, por cierto, pero al menos para mí resultó inesperado.

A esas alturas del curso, Echaurren había decidido dejarse crecer la barba, o al menos había renunciado a recortársela tal como lo había hecho durante décadas. Su técnica era muy básica y consistía en fingir que llevaba cuatro o cinco días sin afeitarse, un poco despreocupado, como si tuviera la capacidad de detener el tiempo. Charatatán: la barba siempre en el quinto día. Ahora, en cambio, crecía de un modo desordenado y caprichoso, con manchas blancas y negras, salpicadas por aquí y por allá como esos políticos que después de un desastre de proporciones y de una condena parecida a la de Echaurren se mandan a cambiar un par de meses y cifran en la barba crecida la posibilidad de la redención.

Hubo un tiempo en que la barba bien cuidada y creativamente afeitada era símbolo de cultura y decencia. Incluso el Viejo Pascuero, Aristóteles y Jesucristo tuvieron la suya, pero algo pasó y hoy son pocos los presidentes, los reponedores de supermercados o los empresarios que cada mañana, frente al espejo del baño, comprueban con una sonrisa cómo le han crecido los pelos de la cara. Dicen que esta conspiración comenzó hace un montón de tiempo: cuando existía el combate cuerpo a cuerpo, la barba era una desventaja. Alejandro Magno postuló la siguiente ecuación: una barba larga aumenta la posibilidad de que el enemigo tire de ella y, por ejemplo, meta un puñal con fuerza y gracia en el estómago del rival. Por eso mismo obligó a que todo su ejército se afeitara, pasando a llevar la vieja asociación helénica, imagino, que igualaba esos pelos faciales con la virilidad y la sabiduría. Y si primero fueron los soldados, luego vino el pueblo, que pretendía dejar en claro que era tan atrevido como los guerreros. En todo caso, Aristóteles, el maestro de Alejandro Magno, le dio la espalda a la moda y conservó su barba en una decisión que de sopetón lo convirtió a él, y a todos los filósofos del futuro, en tipos pasados de moda. Esta tesis, que improviso ahora mismo, me permite pensar en el gesto de dejarse crecer la barba como el primer indicio, o al menos el primero que vi yo, de las ganas de Echaurren por probar cosas nuevas, que es lo que haría a continuación.

Un pie de página: si lo pienso en retrospectiva, puede que esa noche en que fuimos a su casa Echaurren se mostrara cercano y despreocupado, sobre todo con Amanda, porque estaba acostumbrado a tratar con periodistas. Fue un gusto adquirido que duró décadas. Conocía a los dueños de dos grandes grupos periodísticos, había comido en sus casas y los palmoteaba en la espalda cuando se los encontraba en algún restaurante, pero también había pagado campañas publicitarias de las normales y de las ocultas en las páginas de esos diarios, y sobre todo conocía a columnistas y periodistas. Estaba acostumbrado a verlos llegar y desaparecer con el paso de los años; admiraba su rapidez mental, esa vocación simultánea por la velocidad y el cinismo. Todo les importaba y no les importaba al mismo tiempo. Le maravillaban esos tipos que parecerían venir de vuelta de todo, que manejaban rumores y que fumaban como alumnos antes de un examen. Sentía también una fascinación por esas mujeres ágiles y flacas, medio nerviosas, que hablaban a una velocidad que a él en un comienzo lo seducía y luego lo desesperaba. Hermes y Mercurio eran los dioses encargados de transmitir las noticias en el mundo antiguo.Y la noticia, cualquiera de ellas, siempre ha estado ligada a su medio de transporte, es decir, al tiempo y la rapidez. Una noticia que llega tarde deja de ser noticia, y una que llega antes, o mucho antes, es la mejor de las noticias. «Un golpe», como le dijeron tantas veces por teléfono o en el Starbucks de El Golf a propósito de un montón de escándalos ya olvidados.

Echaurren, tal vez a fines de los ochenta, supo que podía dar golpes y que no tenían por qué ser combos —a excepción de un par de partidos de rugby cuando estaba por salir del colegio, nunca se peleó con nadie—, sino historias filtradas a la prensa o mensajes cifrados, que se transmitían luego por los diarios. En esos años, de hecho, corría el rumor de que algunas células antipinochetistas se enviaban mensajes a través de los avisos clasificados del diario, que era lo más fácil y acaso eficiente. «Se venden siete kilos de guindas en Lo Matta» podía ser, sin problemas, un anuncio en clave, un llamado a las armas o a la retirada, quién sabe. De pronto todo el diario, pensaba Echaurren, desde las noticias hasta la programación de la tele, que siempre estaba en las últimas páginas, podía ser leído de un modo paranoico. Creo que él nunca cayó en esos extraños placeres, pero entendió que gracias a su trabajo ya comenzaba a tener fuerza y que no le quedaba otra que ocuparla.

Las cosas dejan de ser lo que parecen cuando se tiene algo de poder. La realidad pasa a ser voluble como una bola de plasticina, pero para jugar con ella hay que ensuciarse las manos, acostumbrarse a esa textura pegote, a ese olor químico. Hay que entrenar ese hábito como si fuera un par de bíceps. O cuádriceps. Y así, en ese simulacro de juego infantil, Echaurren comprendió cómo administrar el poder, cómo hacerlo circular y fluir. Es más, supo que no podía renunciar a ocuparlo, que era imposible, que necesitaba hacerlo circular porque así funciona la física. Los ochenta le trajeron plata y los noventa, poder. Algunos días, si cerraba los ojos y se concentraba, podía sentir la adrenalina moviéndose por su cuerpo, algo saltona. Era entretenido, sin más. Se pasaba bien. Además —de paso, de yapa, como quien no quiere la cosa—, le parecía que hacer negocios era bueno. Y no solo se lo parecía, sino que veía y comprobaba cómo mejoraban las cosas. Cómo cambiaban. Eso lo veía por la ventana del auto, lentamente, cada vez que iba al trabajo, que primero quedaba en el centro y luego en Providencia y más tarde en El Golf, de donde nunca más se movió. De a poco llegaban al país mejores hamburguesas, sostenes más sexis y vagones del metro más grandes y cómodos.

Frente al espejo del baño, cuando se lavaba los dientes por la mañana o muy entrada la noche, pero sobre todo en las mañanas, veía con orgullo a un tipo que hacía cosas concretas y útiles, como su abuelo, que llevó el agua potable a Chillán, o como uno de sus bisabuelos, que fundó un banco y una aseguradora durante la guerra del Pacífico. O como uno de sus tíos abuelos, que fundó la Sociedad de Socorro Andino y una línea de tren que atravesaba tres regiones enteras. Él creció entre esas historias, que le contaban cuando iban en auto a la playa, o en la sobremesa de algún cumpleaños. Más que nombres de familiares muertos eran estándares, umbrales, formas de habitar el mundo. Ellos, sin embargo, ya eran fotografías en blanco y negro y él se veía a todo color en ese espejo a medio empañar. Desde que se vestía con la luz del velador prendida, listo para llegar a la oficina antes de las siete de la mañana, hasta que se acostaba frente a la luz de la misma lámpara, cuando el resto ya dormía, en todo momento él sabía que estaba bien porque gastaba la vida en algo. Era puro presente.

Tuvo tres hijos que vio crecer de lejos, pero tampoco le pareció mal porque así había sido siempre. Lo habían hecho con él y con su padre, y con su abuelo, y de seguro así hasta el comienzo de los tiempos. Quería a sus hijos, por supuesto, pero tampoco necesitó cambiarles los pañales para hacerlo. Mucho menos ir a buscarlos al colegio. Era un don, visto de algún modo. Los podía amar sin hacer nada por ellos, que es una forma curiosa y perfecta de ejercer el amor. Además, qué mejor padre que uno que hace cosas no para su familia, sino para un país entero. Un padre que luego tendrá nombre de calle, de auditorio o, con algo de suerte, un lugar en el índice onomástico de la historia de Chile.

Más que un financista, Echaurren siempre se vio como un puente, un vicario, un casamentero o una alcahueta que unía aquello que estaba separado, pero destinado a estar junto. El senador Cáceres y la ley de pesca. O Larraín y el *royalty* minero. O el acceso al crédito y la gente que de pronto necesitaba una juguera de seis velocidades para mejorar el pisco sour. O los grandes malls y las familias que se aburrían durante los fines de semana y que en sus pasillos encontraban una razón para estar juntos. O el futuro esplendor y Sanguinetti, que quiso ser candidato a la presidencia para que todos hiciéramos los mejores negocios de nuestra vida, pero no pudo (ganó un socialdemócrata porque explicar los manjares de la economía es como explicar la física por la tele). Hoy Chile sería un país distinto, pensaba, pero esa es otra cosa, una que a Echaurren ya no le interesaba o le interesaba cada vez menos, porque cada día que pasaba se sabía más distante y lejano no sé si de Chile o de su propia historia. A fin de cuentas, todos hablaban mal de él, barrían con su reputación, sus hijos apenas lo llamaban, le reclamaban por sus treinta años de negocios y así un sistema entero, una forma de entender el universo, dejaba de funcionar.

En fin, al menos podía ser otro.

Echaurren, antes del cambio que se estaba gestando en silencio, como una especie de embarazo, nunca entendió las ganas de ser iguales, de que todos lo seamos. Para qué, pensaba, si es mucho mejor ser excéntrico y distinto y mejor, incluso, pero ser igual al resto le parecía una forma de renuncia moral, de flojera, de mediocridad que entendía, pero no lograba compartir. ¿Por qué no puedo ser mejor y más entretenido? Acaso más lindo.

Y lo cierto es que no se veía mal —no sé si lindo, pero nada de mal— en el asiento trasero de ese auto, moviéndose exageradamente para un lado y otro, como un mono porfiado, cada vez que Amanda doblaba manejando rumbo a Ñuñoa.

Lo mío fue lo de siempre: una caída seguida de otra un poco más grande.

Marta había estudiado filosofía conmigo a fines de los noventa y pasamos esos años con una despreocupación radical y, por lo mismo, hermosa. Nos daba igual el futuro, el trabajo, el destino de la economía, la suerte de la capa de ozono. Éramos inmunes a cualquier desastre. O sea, decíamos que nos importaba todo e íbamos a fiestas para la liberación del Tíbet o para detener el efecto invernadero. Las buenas causas eran las nuestras porque éramos buenos. Suena estúpido y facilista, pero esa era la lógica invisible con que manejábamos nuestras vidas. En el fondo, nos importábamos solo nosotros mismos y cómo nos viera el resto e incluso nuestra conciencia. Queríamos estar del lado correcto de la historia y no nos costaba mucho encontrarlo. Esas fiestas eran en Bellavista, al fondo de Pío Nono, llegando al cerro o, de vez en cuando, en algún pueblo costero sobrepoblado de aspirantes a artistas y modelos. Bailábamos, fumábamos, tomábamos éxtasis, salíamos a fiestas electrónicas —hoy la idea me resulta algo ridícula, como una fiesta de electrodos— y después de un par de horas, cuando íbamos de vuelta, fumábamos un poco de marihuana en los asientos delanteros del auto. A veces nos estacionábamos en alguna calle chica de Ñuñoa y redondeábamos la quincuagésima conversación de la noche antes de partir a comer un completo y luego a nuestras casas.

Así pasaban los primeros años de los dos mil y no se me ocurriría otra mejor forma de haberlo hecho. Teníamos un crédito grande por delante, que era el futuro o los años que nos quedaban; el tiempo, digamos. O mejor: el siglo XXI, que para nuestro caso fue viajar a Jena y doctorarnos en Alemania, que era casi la última forma de estirar la juventud. Cualquier cosa —una carrera equivocada, un mal amor, la pobreza, el sobrepeso— se arreglaba con tiempo, que era nuestra única moneda, y en Jena, o durante los últimos años en Jena, como sucede con cualquier otra divisa, se comenzó a agotar. Primero de a poco, lentamente, y luego con la velocidad de una piedra rodando por un barranco. Era solo cosa de cumplir cuarenta para confirmarlo.

Ahora hay noches en que miro el techo y creo que la única forma de recuperar esa impunidad que tenía a los veintitrés años, esa indiferencia insultante con el destino, con la filosofía o con el arte, es entregarse a la plata. Si dicen que el tiempo es dinero es por esto mismo. Antes tenía los años que me quedaban por cumplir, que lo podían arreglar todo, pero de pronto solo la plata fue capaz de darme algo parecido. Una ortopedia que sostenga la vida. Una casa antisísmica. Consuelo, incluso. Una habitación propia que permita aguantar la estupidez del mundo. Por eso mismo, creo, Echaurren caminaba con un desparpajo que resultaba tan atractivo, con una seguridad radical que solo he visto, qué sé yo, en una modelo paseando por una pasarela en Buenos Aires o en una estrella fugaz que alguna noche de verano cruzó el cielo en La Serena y nos dejó a todos los que estábamos sentados alrededor de la fogata con la boca abierta.

Echaurren era como un padre al que muchos, durante décadas, quisieron abrazar buscando refugio e incluso amor. Primero fueron sus antiguos amigos del colegio, luego sus socios en el banco de inversiones, más tarde los amigos de sus socios, que compraban empresas recién privatizadas, que llevaban una chapita en la solapa que decía «Sí», un poco después los que fundaban partidos políticos y clubes de pesca, los que ganaban licitaciones, y mucho más tarde, cualquiera. Su nombre circulaba como un santo y seña en ciertas calles y barrios de Santiago y él nunca le daba la espalda a una nueva amistad. Todo esto suena como si fuera calculador y maquiavélico, y lo era, pero al mismo tiempo hubiera sido irresponsable no serlo. Quería pasarlo bien. Le gustaba la gente con ideas entretenidas, anécdotas y buen gusto para los vinos. Conversaba y se sorprendía con una alegría sincera cuando desconocía algo. Aristóteles decía que el hombre era un animal social y Echaurren, tantos siglos después, vino a confirmarlo, una vez más: era un oso grizzly grande que abrazaba a medio Santiago prometiendo que todo estaría bien.

Y solía estarlo.

Yo, en cambio, creía que todo siempre iría a peor y tal vez por eso sucedía de ese modo. Con Marta, en algún momento que hoy no recuerdo con exactitud, dejamos de ir a fiestas y comenzamos a escribir artículos de filosofía. Ella se dedicó a la filosofía de la mente, yo a la estética. No sé cómo pasó, ya lo dije, pero fue rápido. En un momento estábamos listos para vivir como artistas o dandis, para cumplir el sueño de ser ciudadanos del mundo —creíamos en eso, como casi todos los hijos de los años noventa—, de llevar una vida salvaje y sin límites, y al segundo siguiente estábamos luchando por becas y enviando artículos en un inglés aséptico a revistas indexadas. Las fiestas por buenas causas comenzaron a extinguirse, junto con la fuerza para seguir estando del lado correcto de la vida, aunque eso último fue más lento.

El asunto, pensaba mientras entraba a ese club de jazz, que estaba lleno de humo en un mundo en el que ya nadie fumaba, es que no salía a una fiesta desde hacía mucho. No estaba exactamente en una fiesta, claro, pero se le parecía bastante. Entramos los cuatro —el chofer se separó de inmediato para revisar su celular mientras tomaba una Coca-Cola sin azúcar en un taburete de por ahí— y, de un momento a otro, nos vimos rodeados de gritos y del sonido de un piano algo frenético.

Buscamos un sitio donde sentarnos. Más que caminar, parecíamos flotar en esa nube de humo y en esa expectación feliz que antecede a lo esperado, en este caso, un quinteto de jazzistas australianos que estaba por salir al escenario, mientras sonaban brindis y acaso la música de los paréntesis, de los momentos en que no queda más que entregarse, si me permiten el arrebato, a Dionisos. Yo fui a pedir una cerveza y dejé a Echaurren con Amanda, que miraba cómo él abría sus brazos y le contaba algo que la tenía muerta de la risa. El ruido y la música, que se mezclaban, hacían que su historia fuera privada y personal. Nadie los escucharía, menos yo, que avanzaba hacia la barra, medio sedado por esas tres copas de qué sé yo qué.

De pronto, Alicia.

De pronto apareció ella, quiero decir. Una alumna que debía estar por la mitad de los veinte, que optomó conmigo Introducción a la Estética y un optativo de Filosofía de la Arquitectura. Siempre me ha gustado encontrarme con alumnos fuera de la sala, mirar sus vidas un poco más de cerca. Nos saludamos con una sonrisa y algo de distancia.

Incomodidad, creo.

Qué hace acá, me preguntó sorprendida.

Le dije que venía con unos amigos, mientras indicaba hacia nuestra mesa, y ella asentía como si aprobara con cierta extrañeza. Conocía a Amanda, me dijo. Imagino que de tanto encontrársela en las mismas partes, pero solo lo supongo.

Y tú qué haces acá, le pregunté, cuando llegó un tipo de pelo crespo y anteojos gruesos. Le dio una cerveza. Estaban juntos, pero todavía no eran pareja. No sé cómo lo supe, pero tampoco tuve dudas. En realidad, las tuve porque ahí mismo me pregunté qué es una pareja, sino uno más uno. No era una mala pregunta, aunque me la hice justo mientras ella me lo presentaba y, por lo mismo, no alcancé a retener su nombre. Era un artista visual que vivía cada vez menos en Berlín y más en Santiago. Un tipo ligeramente nervioso, que hablaba como si fuera famoso, e incluso me llegó a convencer de eso. Conversamos de los trabajos en la universidad, de la rapidez con que ha cambiado todo y de una guerra allá lejos, mientras en la mesa del fondo Echaurren seguía muerto de la risa junto a Amanda.

Luego vino mi cerveza y más tarde la segunda y la tercera, y esa sensación de ligereza que me permitió quedarme con ellos en una esquina, apoyado contra la pared, mientras los australianos salían al escenario y comenzaban a tocar con ímpetu y fuerza sobrenatural una canción. Una canción con letra, quiero decir, que era toda una rareza, al menos para mí, y el tipo, con un acento español muy malo, gritaba «ahí viene el Watusi, el hombre más guapo de La Habana». Era un espectáculo lindo. Esa música, o una muy parecida, solía ser el decorado de mi relación con Amanda, pero esa vez estaba al alcance de la mano.

El artista visual seguía el ritmo con un pie y Alicia me contaba de sus ganas de dedicarse a la estética, como lo hice yo cuando tenía su edad y todo el crédito del tiempo por delante. En un momento el humo se hizo más denso, y era raro (miraba a mis costados y no parecía venir de ninguna parte), pero ahí estaba ese humo, que me secuestró durante quién sabe cuánto tiempo. Miraba a lo lejos a Echaurren y a Amanda, que gesticulaban como en una película muda —una comedia, a todas luces—, en la que de pronto me vi envuelto. Un dolor de cabeza se empezó a apoderar de mí mientras Alicia me hablaba y me hablaba y yo era incapaz de retener más de dos o tres palabras. El artista cada cierto tiempo movía las manos, como explicando algo complejísimo, y me miraba en busca de aprobación. Y al fondo, los músicos (que, para el caso, también hacían mímica).

Todos eran parte de ese montaje un poco absurdo.

Mucho rato después, el chofer de Echaurren me llevó a mi casa.

De los otros, ni señas.

A mediados de la semana siguiente nos vestimos otra vez de alpinistas. Ya hacía menos frío y se oscurecía algo más tarde; sin embargo, las clases de ética y los zapatos de montaña seguían donde mismo. Es decir, en nuestros pies, bien abrochados y listos para la montaña. Lo recibí en la sala de clases con la cabeza limpia y aireada. Durante un par de días, justo después de nuestra deriva por el club de jazz, me desperté con una pesadez vaporosa que me tuvo lento y torpe, algo sedado, imagino, por mi poca costumbre de salir de noche. Allá arriba, sin embargo, estrechaba la mano de Echaurren como si una ráfaga de viento hubiera quitado de golpe el polvo y el dióxido de carbono que tenía atascados en el cerebro. Él venía con un polar Patagonia a medio cerrar que no se cambiaba nunca y una camisa a rayas debajo, que sí se la cambiaba. Parecía incluso más joven y algo animado. Quizás había bajado de peso. Íbamos a conversar del virtuosismo a partir de un ensayo de Séneca que le había enviado por correo electrónico el jueves o viernes pasado.

En un comienzo, cuando se lo presenté a la decana, garabateé en una hoja el programa del curso, que como casi en todos mis cursos, terminó cambiando a medida que cambiaba yo o mis alumnos. Lo que pasara primero. Así, mientras avanzaba el semestre, las lecturas fueron tomando otros rumbos porque nosotros dos avanzábamos, cada uno, hacia su lado. En el papel iríamos de Sócrates a Rawls, pasando por Edward George Moore hasta llegar a Christine Korsgaard, pero la mayor parte del tiempo nos detendríamos en el otro Sócrates. De él podría saltar en un pie a Diógenes, claro, pero no mucho más allá. O ese era mi plan. Ignoro si algún juez o algún funcionario gris del Poder Judicial revisó los contenidos del programa, pero nadie dijo una palabra. Al final, y sin que me molestara en avisarle a alguien, terminó siendo algo así como un curso sobre los estoicos, en parte porque estaban de moda y, en parte, porque les encantaban a los empresarios con inclinaciones a bañarse con agua fría y despertar temprano. Además, lo entendía sin problemas. Me atrevería, incluso, a decir que no hay nadie que no entienda a Marco Aurelio o a Séneca.

El curso fue cambiando como el testimonio de que más tarde cada uno iría por su lado, pero en ese momento, o a esas horas de la tarde, los dos caminábamos juntos por los jardines de la universidad hacia el lugar por el que accedíamos a la montaña. Atravesábamos los edificios —Economía, Humanidades, Psicología— hasta llegar al último, y ahí, después de una suerte de bodega improvisada, con tablas, arcos de fútbol y herramientas desparramadas sin ningún orden, comenzábamos a subir.

Éramos nosotros y la naturaleza.

En un sentido metafórico, la academia quedaba atrás. Si yo hubiera sido un mejor profesor seguramente esa liberación hubiera tenido un peso casi religioso, o heroico, como el otro Sócrates tomando la cicuta y dando una lección de ética monumental, pero lo cierto es que yo le devolvía un favor a la decana y poco más.

—Debiera estudiar filosofía —dijo Echaurren, cuando habíamos avanzado un buen trecho—. Pero estudiarla en serio. Me inscribiría en tus cursos. Quizás lo haga. ¿Se puede? Incluso sería mejor si fundáramos una escuela, así como las antiguas. ¿Por qué ya no las fundan? ¿O sí? «Los montañistas» nos podríamos llamar.

Recién cuando me lo dijo, con la ciudad allá abajo, envuelta en un manto de smog, descubrí que pasé mucho tiempo deseando una cosa así. Hace dos, tres o diez años esa me hubiera parecido la forma más vanguardista y atractiva de revivir a la filosofía, de sacarla de las salas de clases, de llevarla muy lejos de la historia, de quitarle el respirador artificial y lanzarla como una bengala de año nuevo. De salvarla, a fin de cuentas. Imagino que a los curas les pasa algo parecido cuando llega gente a la Iglesia. O a los médicos. A los arquitectos, incluso, pero yo solo tenía la filosofía, que se había transformado en una jerigonza que primero abracé con temor y un respeto cobarde en los pasillos de la universidad, y que más tarde rechacé —con náusea, diría, pero tampoco quiero ponerme melodramático— cuando entendí cómo funcionaba. O para qué.

Es una idea linda, quiero decir, fundar una escuela y creer que aún es posible operar lejos de las burocracias y de los jefes de departamento, de la fealdad de las planillas de Excel, de los vicerrectores que bolsean *papers*, de los indicadores de producción e impacto que se clavan como alfileres de magia negra en el pecho de los internados en ese sanatorio cordillerano.

Pero darle la espalda a la realidad sale caro. Eso lo aprendí con Marta. Durante un par de años me dediqué a creer que la vida se manejaba como una bicicleta, según el capricho de quien lleva el volante, que el deseo era del todo domeñable para cualquier persona con dos dedos de frente, pero sobre todo para un doctor en Filosofía del Arte por la gloriosa Friedrich-Schiller-Universität Jena. A fin de cuentas, me había especializado en la respuesta de Kierkegaard a Hegel sobre una idea socrática dada a conocer por Platón. ¡Que la vida no me joda! Hago lo que quiero. No es que lo pensara en esos términos ligeramente pelotudos (y sinceros), pero frente a la tele —en esos años aún sobrevivían las teles— o en la feria mientras compraba tomates o pepinos, incluso paseando sin ningún rumbo por el Parque Forestal, me sorprendía acallando voces con rapidez, echándole tierra a ideas o incluso a suspiros. No diré que acallaba mis dudas maritales porque ni siquiera daba para eso, sino que era un estado voluntarista que me hacía creer que decidía algo. Cualquier cosa.

Años después, caminando por la precordillera, mi mundo había cambiado. Me había transformado en la mezcla imposible de un monje budista que intentaba vivir anclado en el presente con un cínico que intentaba vivir en un futuro sin futuro. Entremedio de esas dos temporalidades, atrapado como en una película de ciencia ficción, entre dos escuelas, en una paradoja estúpida, estaba yo. Por lo mismo, es decir, por puro realismo, no me podía tomar en serio la escuela que proponía Echaurren.

Y puede que el realismo solo sea una forma de mediocridad y yo el mayor de los realistas, así como esos pintores que con un pincel y una paleta de colores logran el mismo resultado que una cámara de fotos, pero el asunto no cambia ni un poco.

Seguí caminando al lado de Echaurren, que ya se había abierto el cierre del polar, con su camisa a rayas que caía afuera de los pantalones, y dejaba sus huellas bien marcadas en la tierra, así como un toro o un animal pesado. Lo miré de reojo y tuve una certeza del porte de la torre Entel (y de la solidez de todo su cemento): más que fundar una escuela, yo quería que él estirara un brazo sobre mis hombros, que me apretara contra su pecho, quería sentir el olor de su desodorante, la pesadez de su aliento, y que me preguntara si no quería ser parte del directorio de una minera o de un banco menor, que necesitaba un filósofo para esas cosas, que la sabiduría no se podía comprar pero que al mes me pagarían por cada reunión lo que yo ganaba en medio año.

El día anterior, a la misma hora y en el lugar de siempre, es decir, a los pies de una cordillera que literalmente nos botaba del mapa, conversamos de elecciones. No de las que él intervenía con su plata, repartiéndola entre un partido político y otro, sino de las comunes y corrientes. Las de todos los días. ¿Pollo o pasta? ¿Cerveza o vino? Lo hicimos a partir de un ensayo de Amy Gutmann sobre la educación y la libertad. Tal como el resto de las veces, le envié por correo una copia del artículo, que él respondió en cosa de minutos con un sencillo «gracias». Sin saludos ni despedidas ni otras florituras. Un «gracias» que era la encarnación de todo su talento ejecutivo y eficiente.

El compromiso era leer los textos durante la semana para luego comentarlos en clases. Yo no tenía hijos ni me interesaba mucho la educación, pero el problema en ese ensayo estaba bien planteado y nos permitiría pensar en ese sitio en el que se topan, como dos verdades, el interés del Estado y el de los padres. Echaurren sí que tenía hijos, pero ya eran grandes. Después de googlearlos durante una tarde, no entendí muy bien qué hacían, pero si su padre financiaba políticos, ellos lo hacían con emprendedores y tipos de poleras negras que se paraban frente a un escenario a vender ideas que los diarios sin titubear calificaban de disruptivas, junto con otros conceptos oscuros como el de unicornios y ángeles, todos ellos muy fantásticos y un poco infantiles. Sin embargo, y a diferencia mía, ellos eran los que parecían hacer cosas importantes, los que movían la plata y encauzaban el futuro como los adultos a cargo de la sala.

Esa semana, decía, hablamos de Gutmann y lo recuerdo con claridad porque solo un par de días después, cuando todavía tenía fresca la clase y la caminata que dimos por la cordillera, cerré la puerta de mi casa y partí a lo de Amanda. Después de recibir su mensaje, imaginaba que comeríamos algo en esa mesa grande y vieja que tenía en el comedor, y que conversaríamos de alguna tontera que triunfaba en redes sociales, porque siempre había una de la que hablar, mientras desaparecía de a poco el sol primaveral y el comedor se llenaba de la luz anaranjada y terapéutica de Providencia.

Toqué el timbre de la entrada del edificio y, en vez de tomar el ascensor, subí dando zancadas grandes hasta llegar a su piso y descubrir que la puerta del departamento estaba a medio cerrar y que había diez o doce personas adentro. Al parecer yo llegaba tarde y todos iban en el segundo o tercer trago, a juzgar por esos ojos no sé si brillantes, pero sí al menos iluminados. De fondo, un *hard bop* juguetón y melódico salía de un parlante circular y llenaba el resto del espacio. Las ventanas estaban abiertas de par en par y el humo otra vez salía de quién sabe dónde. Miré para un lado y otro buscando a Amanda sin mucha suerte. Saludé a un par de conocidos, con los que me encontraba cada tanto en ese sitio, y avancé con cuidado por el pasillo de su departamento para encontrármela adentro de su dormitorio con un contrabajo entre sus brazos, explicándole a Echaurren, con los ojos muy abiertos y un tomate en el pelo, cómo se tocaban las cuerdas del instrumento. Le mostraba ese gesto tan desprendido de los grandes contrabajistas, que apenas tocan las cuerdas, casi cacheteándolas, para quitar con rapidez los dedos. Echaurren estaba frente al contrabajo en una silla de plástico, con las piernas abiertas, encorvado y absorto en esos ruidos graves que salían de las tripas del instrumento. Al comienzo él no me vio y yo vi solo su mata de pelo canoso y disparejo, sus brazos como de orangután que sostenían su cabeza mientras admiraba no sé si a Amanda o a la música. Los zapatos de *trekking* todavía los llevaba puestos.

En ese momento, y todavía cuando él no levantaba la cabeza, junto con un pitido sorpresivo, apareció en mi teléfono un mensaje de la decana preguntándome cómo iban las clases de ética. Sin pensarlo ni un poco, atarantado, como si cualquier demora fuera a delatarme de no sé qué delito, le dije que todo estaba en orden, que terminaríamos a tiempo y que después de la última clase Echaurren se graduaría con los discretos honores de la ética, es decir, cumpliendo con la condena del juez. En ese mismo momento los dos levantaron sus cabezas y me sonrieron.

—¿Será muy difícil aprender a tocar eso? —me preguntó Echaurren unos minutos después, cuando mirábamos las luces rojas de los autos desaparecer por Eliodoro Yáñez, cada uno con un botellín de cerveza en la mano.

Él estaba de buen ánimo. Imagino que cuando llegó al departamento el resto de los invitados dio por hecho que era algún músico viejo y experimentado. Nadie lo reconoció y no se atrevieron a preguntarle de inmediato quién era, supuso, para no quedar como ignorantes. O pesados. Tal vez por primera vez en varios meses, y en medio de ese departamento, Echaurren se miró al espejo que estaba junto a la puerta de entrada y pensó que su cara no era necesariamente la de un empresario corrupto ni mucho menos la de un financista ilegal de la política, tal como la que cada tanto aparecía en los diarios, sino que podía ser la de cualquier otro. Un músico, por de pronto. Un artista. Más de alguno, como decía, había pensado que él, con sus ojeras y su piel cansada, llena de grietas, era un famoso jazzista, quién sabe si brasileño o boliviano (para ese momento todavía no abría la boca). En lo de Amanda, tiene que haber pensado Echaurren, nadie reconocía su historia ni sus pecados. Por un momento, y lejos de la montaña, volvía a estar limpio y, por lo mismo, a tener futuro. Era una sensación agradable. No, qué va, mucho más que agradable: era un torrente de energía que entraba por sus poros y lo llenaba de un optimismo que, visto con distancia, parecía helio y lo elevaba de un solo golpe. Algo que no sentía desde que con Alcalde le vendieron una AFP a un grupo de inversionistas españoles a mediados de los noventa y descubrieron que el mundo era grande y se extendía mucho más allá de la cordillera.

¿Se la estará culeando?, pensaba yo, mientras Echaurren me seguía hablando de las clases de contrabajo y los autos seguían pasando y la música seguía saliendo del parlante y todo parecía seguir su curso, tal como la cerveza y el motivo desconocido por el que toda esa gente seguía ahí, en el departamento de Amanda, mientras el planeta seguía girando y yo seguía pensando que Echaurren, seguramente, estaría pensando que yo seguía pensando que estaban culeando.

Me pareció tan raro verlo ahí, sin decir una palabra ni dar una explicación, con su mochila amarilla —reconocí un libro de Chantal Mouffe asomado— colgando del perchero como si fuera de lo más habitual, rodeado de gente que yo había visto tantas veces, que me tomé cinco o seis botellines de cerveza como una forma de terapia —no se me ocurrió otra— y cuando salieron en patota hacia el club de jazz, yo levanté los hombros y dije que estaba cansado.

Y lo estaba.

Desperté con un ligero dolor de cabeza y dos mensajes de Echaurren. En realidad, eran fotos medio fiesteras y sin mucha gracia: un montón de gente sonriendo en una mesa del club de jazz que está en Ñuñoa. Amanda no aparecía en ninguna parte —agrandé la foto lo suficiente como para cerciorarme— y él sí, al medio, entre todos y de brazos abiertos, como el Cristo de Río.

La ausencia de Amanda era un misterio, uno que crecía a medida que me duchaba y vestía, pero duró solo hasta que me abroché el último botón de la camisa. Debía subir a la montaña, es decir, ir al trabajo. O al menos a mi oficina y ahí, esperaba, sucedería lo inevitable: el aire de la precordillera y el sanatorio que se disfrazaba de universidad me llevarían a olvidarla a ella y a él, asunto que más o menos sucedió, y me dediqué a pasear por el campus, que estaba verde y soleado.

En la oficina abrí la ventana, dejé que el aire fresco sacudiera unas hojas que estaban sobre mi escritorio y me senté a avanzar en un artículo que, con algo de suerte y un par de meses, podría ser un libro. Era el mismo que daba vueltas sobre la ironía en la arquitectura paraguaya, que como he dicho llevaba ya un tiempo chuteando, sobre todo desde que apareció Echaurren y su peso —concreto y ontológico— me obligó a postergar ese libro y un avance que pretendía leer en un congreso californiano que tenía marcado en el calendario, pero que ya adivinaba que no tendría futuro.

Apretaba las teclas sin muchas ganas, además, porque en un rato tenía una reunión de presupuesto que, de cualquier forma, me interrumpiría. Y así fue. En menos de una hora estaba con un café en la mano del que salía una columna de vapor que difuminaba el rostro de la decana y de otros seis profesores. Era la misma mesa ovalada de todas las quincenas —éramos el comité operativo—, solo que esta vez, y desde la Vicerrectoría, pedían —es decir, exigían— reducir el presupuesto del Departamento de Filosofía para el próximo año, que a nosotros ya nos parecía triste y escueto. «Con más boletas falsas no necesitaríamos recortar nada, pero de momento no hay más condenados ni juicios. Le pedí al decano de Derecho —dijo la decana muy seria, mientras sacaba un par de hojas de una carpeta— que fomente tesinas y artículos sobre estas cosas a ver si caen más empresarios, pero pensó que era un chiste».

¿Sería mejor quitarle plata a la filosofía clásica o a la continental? ¿A la metafísica o a estética? La ética de momento era lo único que daba plata, dijeron, así que no se tocaría. Filosofía del lenguaje nunca estuvo muy bien representada, tal como la analítica. Es más, en el departamento nadie entendía de esas cosas, así que no teníamos a quien echar. Teóricos del liberalismo teníamos un montón, por ahí se podía podar sin problemas, pero esos se iban a esconder siempre a Ciencias Políticas. Historia de la Filosofía no había cómo sacarla porque, a fin de cuentas, era lo único que quedaba de la filosofía. Teoría del conocimiento ofrecía cursos en otras carreras, así que por puro utilitarismo quedaba blindada. Filosofía medieval era una presa fácil que a nadie le importaba, pero la asignatura la daban los mismos clasicistas —que, en realidad, eran dos y tenían inclinaciones cristianas y, por lo mismo, también daban el seminario de Santo Tomás—, así que no caería a la primera. El seminario de Kant no se tocaría, de eso nadie tenía dudas, quizás tampoco el de Descartes, pero al final de la malla curricular teníamos uno sobre Wittgenstein y otro sobre Husserl. Había olor a muerto ahí. De hecho, mientras leía los títulos de los cursos, vi los ojos de la decana brillando como los de un perro de caza al decir «Wittgenstein». Lo pronunció con placer, incluso, marcando tres sílabas mientras le caía un hilito apenas perceptible de baba por entremedio de los colmillos: «Witt-gens-tein».

«Está sobrevalorado», dije de inmediato, para secundarla, aunque no me terminaba de parecer una buena idea. Es decir, me parecía efectivamente sobrevalorado e inentendible, pero a los alumnos les encantaba porque era el último filósofo que parecía filósofo y no un burócrata con un sueldo asegurado y unas paradójicas ansias revolucionarias como todos nosotros (y nuestros maestros y los maestros de nuestros maestros). «Podrían dejar Wittgenstein para un magíster o un diplomado», dijo de inmediato la decana, y se quedó mirando con detención las hojas que tenía en la mano, como si fuera a descubrir algo, aunque en realidad dejaba pasar el tiempo y esperaba a que un tercero saliera a apoyarla.

Y así fue. Cuatro de seis levantamos la mano y borramos de la malla académica al austriaco, es decir, a Aguilera, que ya estaba viejo, cobraba caro y solo daba ese curso.

Adiós, Wittgenstein.

Volví a la oficina con la sensación placentera del deber cumplido. Apoyé los brazos en el marco de la ventana y me quedé embobado por culpa de los techos de las casas y los edificios que se esparcían como pecas por la precordillera. De hecho, me quedé mirando el paisaje, casi como si fuera un preso sin otra cosa que hacer, y el tiempo se fue volando y, sin darme cuenta, ya fue hora de ir a almorzar —pollo con arroz arvejado— con el psicólogo social y la historiadora (también eran parte del comité operativo). A la vuelta avancé dos párrafos de mi artículo que prometía ser libro y volví a la ventana atraído por una fuerza sobrenatural.

Algo me había quedado dando vueltas con una persistencia que no lograba pasar por alto. Me llamaba. Me susurraba. Y ahí me quedé, intentando descifrar el misterio, hasta que me detuve en unas pequeñas grúas que terminaban de construir un par de edificios bajos, tres o cuatro, de no más de cinco pisos, rodeados de pasto verde recién plantado, una cordillera despejada y discretos guardias de seguridad.

Así fue como yo, Sócrates Saavedra, tuve la convicción de que necesitaba irme a vivir a la precordillera. La seguridad y el bálsamo de la montaña me rodeaban de nuevo y, por primera vez, supe que ahí, en su regazo, lejos del mundanal ruido, estaba mi lugar no diré en la Tierra, pero al menos en esta ciudad traicionera.

Durante un par de mañanas, entonces, me dediqué a visitar casas y departamentos en el Zelarrayán, ese barrio tan pintoresco que está en los primeros pliegues de la montaña. O al final de Santiago, según como se vea. Tal vez más que un barrio sea una suerte de campo. Un puñado de pequeños valles verdes incrustados a los pies de la cordillera en el que conviven casonas de nuevos ricos, casitas humildes, un montón de viveros, vacas sueltas, ecologistas fibrosos y banderitas tibetanas de colores colgando de algunas fachadas.

Las citas las programé con días de antelación y más bien resignado.

Una vez más, el costo del cambio era negociar con ese gremio abyecto y empecinado en borrar cualquier atisbo de felicidad. Y sencillez. Claro que a diferencia de lo que pasaba en el centro de la ciudad, apenas me encontré con interesados que llegaran a competir, casi siempre con un montón de papeles en la mano y un nerviosismo que se dejaba ver en el más mínimo gesto. De hecho, la mayoría de las veces que entré a visitar casas o departamentos estuve solo con las corredoras de propiedades en una situación algo incómoda. Apenas entrábamos a una pieza, retrocedían seis o siete pasos, no sé si para darme espacio o porque temían que me lanzara encima de ellas, y yo hacía todo lo posible por mostrarme inofensivo. El mejor argumento que se me ocurría era decir que era profesor de Ética en una universidad de por ahí cerca, pero sospecho que el efecto era justamente el contrario.

En una de esas visitas, entonces, en un departamento que daba hacia el sur, casi como en un anfiteatro, miré por las ventanas, que en realidad eran ventanales, puse una mano en mi cintura y, con la ciudad allá a lo lejos, como si fuera un país distinto, me supe como el protagonista de ese cuadro tan famoso de Caspar David Friedrich. *El caminante sobre un mar de nubes*, creo que se llama.

Es una pintura fea, si me preguntan. Nunca me interesó y la vez que estuve frente a ella, en una visita a Hamburgo que hice junto a Marta en los años del doctorado, pasé de largo con una risita burlona camino a cosas más modernas y seductoras. Me parecía un meme. O un cuadro viejo y exótico que no me decía nada, pero años después, en otro hemisferio y ya sin Marta, me vi como un remedo de ese caminante que se extasiaba frente a la belleza apabullante de la naturaleza y de ese montón de edificios que, allá lejos, parecían estar condenados a convertirse en ruinas. Visto desde el presente, es decir, desde ese departamento vacío, me hubiera gustado haberme quedado mirando el cuadro en ese museo, aprendérmelo de memoria, pero en esos años era incapaz de ver una forma de vida que, de pronto, gracias a una agente de Fuenzalida Propiedades, podía admirar en todo su esplendor: el Mont Blanc frente al que se rendía el doctor Frankenstein, San Martín y O'Higgins cruzando a caballo los Andes, Heidi corriendo con los cachetes colorados por los Alpes, esos ingenieros chilenos —seguro que Echaurren comió con varios— que cada cierto tiempo pretendían llegar al punto más alto del Himalaya, como si protagonizaran una metáfora constante del emprendimiento. O ese artista rumano que alguna vez buscó financiamiento para montar una suerte de monte Rushmore en el paso cordillerano entre Chile y Argentina. Era toda una cultura montañosa que yo desconocía y a la que me pretendía entregar con los brazos abiertos no porque quisiera hacer algo con ella, sino porque buscaba el consuelo, el susurro de una canción de cuna que llegaba despacito hasta mis oídos, bajando por las rocas, y me invitaba no sé si a dormir, pero al menos a soñar con los ojos más o menos abiertos.

Me pregunté, todavía con la mano en la cintura, que ya se me hacía un gesto de lo más coqueto, desde cuándo tenía ganas de quedarme arriba, lejos de las calles de un Santiago que de pronto me pareció salvaje y peligroso, como la Chimba durante la Colonia o las arenas movedizas que hace muchos años veía en los dibujos animados. La pregunta quedó flotando y, sedado por el ronroneo de la precordillera, no tuve respuesta. Quizás no era necesaria. De hecho, y para mi sorpresa, esa misma tarde, al volver de las visitas inmobiliarias, me pillé reservando un hotel desde el computador de mi oficina. Decidí quedarme un rato más en el Zelarrayán. Imagino que era un mecanismo de defensa o incluso un acto de desprecio, como el de ese caminante que en un museo le da la espalda a todos los que se quedan mirándolo.

Reservé solo por una noche, tanteando a ver qué pasaba, pero el asunto se torció rápido. Echaurren no apareció para la siguiente clase y, a falta de una mejor idea, lo tomé como una señal del destino. O de la montaña. «Me quedo cinco noches más», dije en el mesón del hotel, a la vuelta de la universidad, mientras revisaba por quincuagésima vez mi correo a ver si Echaurren había dicho algo o si tenía noticias de la decana.

Nada de nada.

El fallo de la corte, en ese lenguaje raro que les gusta usar a los abogados —no sé si para esconderse o para darse ánimos—, exigía el cumplimiento irrestricto de cada una de las clases y me obligaba a reportar al juez cualquier ausencia o falta.

Esa tarde me vi en la sala de clases vacía, bajo la luz blanca de los tubos fluorescentes y delante de un bloque de sillas, a la espera de la nada. En un sentido, daba por hecho que Echaurren no llegaría, que no había lugar para el atraso ni para las medias tintas porque en su vida no existía la improvisación, pero como soy un optimista daba por hecho que a la clase siguiente o a la subsiguiente volvería para enmendar el rumbo.

Después de una hora, en la que me dediqué a leer una novela sobre un campeón de pesca submarina que andaba acarreando desde hacía unos días, puse a Echaurren como presente en la lista que estaba dentro de una carpeta —intenté que el visto bueno fuera igual a los anteriores, ligero, leve, que casi no tocara la hoja, como si no importara— y me devolví caminando al hotel, y tal como después de la primera clase, eché de menos haber dejado de fumar. Podría volver a hacerlo, me dije con entusiasmo al pasar por fuera de una bomba de bencina, y compré unos Marlboro carísimos y un encendedor Ronson, como los que usaba hace años y que me fascinaban por el olor a butano que se escapaba cada vez que hacía girar la rueda.

No se podía fumar en el hotel, como casi en ninguna parte del mundo, pero supuse que a media semana apenas tendrían visitantes que se quejaran y en la terraza de la pieza, mientras me quitaba los zapatos de montaña con la luz apagada, prendí el primero. Afuera en el cielo se veían las estrellas, cosa rara en Santiago (o que confirmaba que en realidad ya no estaba en la ciudad). Miré la pantalla del teléfono, pero no quise llamar a Amanda, que estaría otra vez rodeada de amigos o de conocidos, incluso de socios o admiradores, en medio de una vida que de pronto me pareció lejana y vampírica. O infantil.

Me resultó insoportable, en realidad. Me aburrí de su juventud conservada en gin y de mi incapacidad de tenerla. Eso: era una vampira sin el horizonte del sexo. Un mal negocio. Quería mi vida, y la de todos los que la rodeaban, para mantener su juventud a costa de nuestras horas de sueño y nuestro ánimo. Ahora que lo pienso, todos los vampiros son infantiles porque no quieren morir. La sangre y las ansias de inmortalidad no son más que una pataleta estúpida por la vida eterna, que se parece mucho a la decadencia eterna. La muerte, me dije lanzándole el humo a las estrellas, que estaban allá arriba, es un invento hermoso que permite jerarquizar y ordenar, es decir, tener una ética. Pensaba en todo eso mientras la brisa de la montaña, que ya empezaba a mover las hojas de los árboles, se llevaba el humo del cigarro volando quién sabe adónde.

¡Qué estupidez ser un vampiro!, repetí al día siguiente, frente al espejo de un probador de ropa (si me veía reflejado, cosa que efectivamente sucedía, confirmaba que no era uno de ellos). Era temprano, además, había desayunado en el hotel y seguía sin recibir noticias de Echaurren. Frente a los huevos revueltos y al café miré de reojo los diarios en la pantalla de mi teléfono por si aparecía algún indicio de su suerte —nada de nada— y, después de un rato, partí convencidísimo, e incluso empujado por una mano misteriosa, a comprar ropa.

¿El resultado? Una chaqueta de lana gris de dos botones, corbata, una camisa cosida en Egipto, un cinturón negro y discreto. En cosa de minutos dejé de vestirme —¿sentirme?— como un joven atrapado en un cuerpo viejo, que venía siendo mi historia y la de buena parte de mi generación, y, al correr la cortina del probador con un gesto teatral, pimpampún, ya era un adulto funcional. Algo parecido, imagino, le pasaba a Clark Kent cuando entraba a una cabina telefónica y salía vestido de Superman. Exagero un poco, claro, porque no me cambié los zapatos de montaña, que me daban un toque salvaje e inesperado, que me permitía solo como una excentricidad digna de mi título nobiliario de doctor en Filosofía, pero en lo central, es decir, en el traje que resumía mi nueva realidad, le había quitado una expectativa más a mi vida.

Mucho mejor así.

Iba camino a detener una revolución, decía, en medio de la noche, avanzando por la Costanera en un uber y metiéndome un pan de anís en la boca. Nunca me habría imaginado que llegaría a eso —a ir a buscar a Echaurren con urgencia; lo del pan era más o menos usual, como pedir autos por el teléfono—, pero el mensaje era breve y no aceptaba medias tintas. Echaurren, el mismo que faltó no a una, sino a las cuatro últimas clases, estaba encerrado en una cabaña cordillerana con un fusil en la mano y un libro de ética en la otra.

Yo fui un cobarde y no le conté a nadie que se estaba ausentando. O que había renunciado. Nunca lo tuve claro, de hecho. Lo puse presente en todas las sesiones esperando que llegara. O que me escribiera. Si me enviaba un correo de esos breves y ejecutivos que solía mandar, de no más de una línea, lo suyo dejaría de ser una deserción en toda regla y pasaría a ser un problema administrativo. En otras palabras: luego lo arreglaríamos.

Cualquier otra opción se me hacía cuesta arriba —escribirle al juez, que se enteraran los diarios y que mi nombre saliera en la sección de política y no en la de cultura, explicárselo a la decana, que me miraría con decepción— y me quedé apostando hasta el final. Doblando y triplicando la apuesta. El silencio lo hacía todo fácil, tanto que estaba en un peruano con la decana, celebrando que habíamos terminado de lo más bien una operación difícil, que, en realidad, no había concluido.

—¿Cómo te fue con Echaurren?

—Muy bien, muy bien —pasemos rapidito a otra cosa, parecía decir.

Y eso hicimos.

Además, con un poco de optimismo nocturno y con la cabeza pegada contra el vidrio del auto, pensé que el silencio era un buen indicio. Echaurren, me dije, habrá seguido con su vida y habrá olvidado sus derivas filosóficas. Entre alguna OPA o una venta de última hora, o la fundación de un partido político, yo no era nada. Qué digo: la filosofía no tenía cómo competir, y sencillamente lo fue dejando, y como yo no decía nada, él pensó que no hacía falta decir nada, y la cosa fue creciendo, engordando como un faisán en una granja francesa o un malentendido que nadie se molesta en resolver.

Después de casi cincuenta minutos el auto frenó. El chofer dejó caer otro chiste fome y yo cerré la puerta con una energía algo exagerada mientras él se daba la media vuelta y volvía a la ciudad.

Frente a mí: la casa. Una de montaña, proyectada por un arquitecto famoso que de seguro también fue abrazado y protegido por Echaurren hasta que lo dejó caer. Una casa cordillerana de líneas rectas y limpias, una clase magistral del buen gusto, como la que yo querría construir o comprar, si tuviera cómo pagarla.

Me sequé las manos en los pantalones —las tenía particularmente transpiradas—, me arreglé la corbata y me puse a caminar rumbo al timbre. No sabía muy bien lo que le diría ni lo que me esperaba, pero al menos tenía una meta concreta: poner el dedo en ese timbre y presionar. Y eso hice y Echaurren salió en un par de segundos a estrechar mi mano. Era como si nada pasara. «Qué bueno que estás acá —dijo—, adelante, pasa. ¿Por qué estás vestido así?». Adentro otra vez el calor de la seguridad. Su casa, pensé apenas puse un pie adentro, era un líquido amniótico del que podía obtener todo lo que llegara a necesitar. Acá no pasa nada malo, pensé, ha sido todo un malentendido y me dedicaré a tomar whisky y a comer alguna carne exótica, en lo que sería el paso previo a retomar las clases y un prospecto de amistad.

Claro que dejé de pensar en eso cuando vi el rifle.

No tengo idea de armas, pero a simple vista parecía un rifle o una escopeta. Estaba sobre el respaldo de un sofá café, como si hasta hace un segundo hubieran estado conversando frente a frente. Echaurren entonces la indicó con un dedo y me dijo —con orgullo o coquetería— que se la había regalado Carlos Puig, el exportador de armas, después de un fin de semana de caza cerca de Santa Cruz. «Buscábamos guanacos, creo, que en ese tiempo no estaban protegidos, y cazamos varios. Luego no la volví a usar».

Así fue como me senté en una poltrona, que tenía un manto con figuras incaicas. Era cómodo. Recuerdo que pensé eso, «qué sillón más cómodo», cuando él volvió a indicar el rifle y me dijo: «Está cargado».

Todas estas cosas sobre el papel se leen grandilocuentes y rodeadas de un aura de excepcionalidad, pero cuando pasan son de lo más normal. Imagino que por eso solo atiné a preguntarle si se cargaba con una o varias balas, cosas de ese tipo, como si habláramos de las aplicaciones de un teléfono, o de unas zapatillas de moda, y no de un rifle, y él estuvo mostrándome cómo se cargaba —hacía un gesto brusco para abrirlo, casi con un rodillazo— hasta que le pregunté qué pasaba, por qué había desaparecido o por qué necesitaba un rifle, o todo eso al mismo tiempo.

Echaurren se dejó caer de golpe sobre el sofá y se inclinó para abrocharse los zapatos de montaña. De frente parecía un gran y peludo chancho de tierra enrollándose sobre sí mismo, pero no hizo un hoyo para escondersc, sino que se echó para atrás, se pasó la mano por el pelo canoso, que casi le llegaba a los hombros, y me contó.

La historia era así:

Un fin de semana, poco más de un mes antes de ese encuentro, acabábamos de terminar una clase sobre Montaigne y Sexto Empírico. O sobre la ética de los escépticos. En realidad, fue más sobre Sexto Empírico y Pirro que sobre otra cosa, pero yo había enseñado a Montaigne durante varios años, así que estaba acostumbrado a esos tipos que gozaban en la duda y se me hacía más fácil entrar por ahí. Esa tarde, entonces, caminamos de nuevo por la precordillera con las manos en los bolsillos, rodeados de aire fresco y de pequeños arbustos, que aparecían por aquí y por allá como las nueces en una ensalada. Éramos una dupla linda. Habíamos leído *El arte de vivir bien*, de Sexto, y lo comentábamos mientras respirábamos cada vez con más dificultad, o con más fuerza, para llegar más arriba.

No era algo que explicitáramos, pero cada caminata, por alguna darwiniana y oscura razón, era más larga que la anterior. Hablamos de no querer para ser felices, de dejar de desear cosas, de la independencia como único motivo. No sabía muy bien qué pensaría de eso un tipo dedicado a multiplicar —trabajos, plata, el mismísimo pan—, o si se lo tomaría como una crítica a su propia vida. ¿Quieres ser feliz?, preguntaba Pirro, bueno, no desees nada, confórmate con lo que tienes. O mejor: desea lo que ya tienes y serás feliz. No le creas a nadie, mantente en el camino medio, el mundo no necesita tu opinión sobre ningún asunto. Cosas de ese tipo íbamos comentando y la clase pasó sin altercados ni indicios que me permitieran adivinar lo que iba a pasar.

Luego, cada uno a su casa.

Visto en retrospectiva, esa sería la última vez que bajaría a mi departamento después de una clase de ética. Mientras iba en el taxi llamé a Amanda, pero el sonido de la llamada sin contestar quedó rebotando en mi oído como una pelota de básquet abandonada o de pimpón, y ya no recuerdo si al llegar me dormí de inmediato, o si me masturbé como un saludo al fin de semana, o si, con mayor probabilidad, me masturbé y luego me dormí. Echaurren, en cambio, fue a un matrimonio. Al del hijo de un primo. Uno sin importancia y al que no tenía ganas de ir, pero al que terminó yendo, tal como lo hacemos todos. Imagino que por eso no me contestó Amanda, porque iba con él, de acompañante, pero eso solo lo supongo porque lo que me contó Echaurren, con su voz siempre tan suave para un cuerpo tan grande, es que el chofer de pelo corto estacionó el auto a cierta distancia de la casona donde celebrarían la fiesta, y él se fue caminando entremedio de un montón de otros autos estacionados bajo una fila de quillayes frondosos y verdes. En ese mismo lugar, un par de minutos más tarde, antes de llegar a una puerta custodiada por una comitiva que saludaba a los invitados, se cruzaría con Alcalde —Esteban María Alcalde Bello—, su exsocio, la mitad de Alcalde y Echaurren, ese dúo que llenó —¿protagonizó?— las páginas políticas y judiciales de los diarios durante un par de meses muy estridentes y monotemáticos.

Echaurren lo contaba con desgano, como si no fuera gran cosa, pero yo lo oía como a Homero recitando un canto de la *Ilíada*: frente a él, bajo los árboles, casi en la mitad del camino y con los pies en la gravilla, vio a Alcalde muy bien afeitado, con el pelo engominado hacia atrás, esperándolo, quieto. Era un duelo extraño, claro, porque nadie iba a sacar ninguna pistola (ni rifle), pero se acercaron un par de pasos, se miraron con curiosidad, acaso oliéndose como perros desconfiados. Se conocían del colegio; de vidas previas, incluso, y por primera vez después de tantos años se miraban como extraños. Sin reconocerse.

Echaurren, durante esos días, estaba ya con la misma barba crecida con que lo vi en la montaña, con las cejas despeinadas y con ese brillo marciano en los ojos. Alcalde iba arregladísimo —de punta en blanco—, como un caballero antiguo o como el mismísimo dueño de medio banco de inversiones, una aseguradora y un tercio de otro banco. El duelo fue mental, ya lo decía. Imaginario. Ético, incluso. Uno frente a otro. En silencio. Alcalde vio a su antiguo socio y le pareció destrozado, decadente, arrollado por la vida, perdido, lanzado como un perro muerto a un costado de la carretera, y Echaurren, en cambio, vio a su exsocio como había sido siempre, solo que esta vez le pareció falso y aburrido, destrozado, decadente, arrollado por la vida, perdido, lanzado como un perro muerto a un costado de la carretera.

«No entré al matrimonio —me dijo—. No supe qué hacer, en realidad, y me quedé ahí, en ese estacionamiento por no sé cuánto tiempo y me vine a la casa de la montaña. Desde ese día leo a Nicanor Parra, repaso a Séneca, planto tomates. Algunas noches he pensado en fundar mi escuela filosófica o en hacer una revolución, si es que no es lo mismo».

Cuando lo dijo me pareció un chiste tonto, pero cuando descubrí que lo decía en serio me pareció un poco menos chistoso.

Es decir, más tonto.

O quizá más triste y menos tonto.

Triste a secas, tal vez.

Estaba debatiéndome entre esas posibilidades cuando él tomó un chaquetón que parecía del ejército ruso —grueso, camuflado en distintos tonos de verde, peludo por dentro—, se lo puso con un solo gesto que daba a entender que ya se lo había puesto cientos de veces y abrió la puerta por la que yo acababa de entrar.

«El rifle», me dijo, «tráeme el rifle».

«El problema es que ustedes querían hacer la revolución como románticos, o sea, como pelotudos, como ridículos, ¿y eso de qué sirve?», me dijo.

En la parte más alta en la que llegaríamos a estar de esa cordillera, la nieve estaba blanda, recién caída, y se tragaba mis pies, por primera vez mal abrigados. Un aire frío, como si no bastara, rajaba las narices por dentro. Era un lugar que se me hacía extranjero y hasta peligroso, sobre todo de noche, mientras él hablaba de «ustedes». Es decir, de «nosotros». En otras palabras, «yo y otros más».

Y yo nunca pretendí hacer la revolución, por supuesto, lo mío era el anarquismo de biblioteca. O de librería. De cafetería hípster, incluso, pero él daba por hecho que todos los profesores de filosofía —¿o hablaba de «nosotros» haciendo alusión a mi generación, a los que crecimos en los años noventa?— éramos unos idealistas incapaces de echar a andar las cosas, de ejecutarlas; que nos revolcábamos en la queja, en una declaración de intenciones tan grandilocuente como impotente, acaso cómoda, incapaces de proponer una hoja de ruta concreta o incluso vaga. Íbamos a hacer la revolución, me decía, y quedamos en nada. O en poco. Poco es casi nada. Un consuelo, más que otra cosa. Como Amanda ocupando un lugarcito en mi vida durante estos últimos años.

Avanzamos a duras penas por la nieve. Yo medio que me tropezaba y él me miraba de reojo con impaciencia o resignación. Al parecer, en un momento de su descenso vital, de su caída en desgracia, es decir, en algún momento de las clases de ética, Echaurren tuvo una idea —un flashazo, una epifanía— de cómo debía ser una buena vida.

—¿Te das cuenta de que somos cómplices? —me dijo—. Los estudiantes de ética somos los culpables. Los que saben, los que ven la injusticia, tienen el deber de actuar acorde a eso. Si te callas —me dijo, con su aliento otra vez llegándome de frente, pero esta vez frío, casi congelado—, eres igual de culpable. Te puedes hacer el idiota, pero la ética, ya te digo, es una condena. Una maldición que ahora me persigue.

La ética me tocó, Sócrates, ahora yo la tocaré a ella.

No le entendí mucho, la verdad. O no en ese momento. Lo único que sabía con claridad es que me moría de frío en esa última e improvisada clase (yo estaba con el mismo traje que había comprado la primera semana en que no apareció Echaurren; un traje perfecto, que llevaba con un chaleco de lana que me puse al salir del peruano, pero aun así muy delgado para ese sitio).

Echaurren, con la capucha de un chaquetón inmenso que caía sobre sus cejas, no solo ya parecía un cazador o el prospecto del tipo que pretendía ser, sino alguien que de pronto tenía muy claro qué era lo bueno y lo deseable. Un empresario que arriba de la montaña descubrió dos o tres cosas: entre ellas, que la ética se trataba de distinguir entre lo que le compete a uno y lo que no. Entre lo que depende de mí y lo que depende de otro. La paradoja es que Echaurren comprendió que casi todo podía depender de él. Y de repente, rodeado por el ruido de la nieve crujiendo y el viento helado, me pareció un iluminado, un profeta, y yo un ciego que no lo pudo reconocer cuando pasó a mi lado. Al final, creo, su revolución era esa. Tomar el fusil, buscar un perro grande y fiel —más tarde me enteré de que se llamaría Sócrates, cosa que no supe (ni aún sé) muy bien cómo interpretar— y abandonar la montaña, dejar para siempre esos andariveles con esquiadores, la presión tranquilizadora de la cota mil y bajar a la gran ciudad a administrar de una buena vez la ética.

En ese momento, cuando me anunciaba con una pomposidad algo exagerada que esa misma noche se iría al centro, no podía adivinar si se convertiría en un converso en toda regla, si se dedicaría a hacer el bien como un empresario disruptivo y hasta revolucionario —ahora sí que sí: el hombre más grande de Chile— o si lo suyo era más bien una metáfora y después de un tiempo me lo encontraría convertido en un jazzista medio borracho o en un profesor de yoga dispuesto a no querer, a no desear, a mirarlo todo con distancia porque ya no nos necesitaba a nosotros, es decir, al mundo, es decir, ya era más que todos nosotros juntos.

¿Y por qué me mandaste a llamar?, le pregunté ahí, prendiendo un cigarro frente a un horizonte oscuro y con los calcetines mojados, un poco cabreado y otro poco impaciente, como un apóstol perdido y en busca de respuestas. No me quedó claro. Imagino que pretendía que lo acompañara.

Le pregunté, a falta de una mejor idea, por un libro de Andreas Malm que debíamos comentar en las clases a las que no llegó y él me preguntó de vuelta si era cierto que buscaba una casa en el Zelarrayán. «Te la consigo —me dijo de inmediato, antes de que alcanzara a contestar—, esos me deben la vida». Seguimos un rato en silencio y me dieron ganas de abrazarlo con fuerza, entregarme a él como si fuera el paramédico que me acababa de salvar la vida, no por la oferta de la casa, que me daba lo mismo, sino por la protección y la seguridad, que es lo primero que se aprende en la montaña, el punto cero para un *sherpa* improvisado como yo.

Durante una de las primeras clases, a todo esto, me dijo algo parecido. «Es caro subir al Everest, necesitas un buen *sherpa*, y a veces ni siquiera se consiguen con plata». Era un comentario al pasar, a propósito de subir por la precordillera hablando una y otra vez de ensayos y manuales éticos, aunque en ese momento, cuando lo dijo, pensé que el *sherpa* era yo, y puede que siempre haya sido al revés.

Al final, no me atreví a seguirlo. Menos a abrazarlo o a tocarlo porque temía quemarme o encandilarme. Preferí dejarlo ir tal como había llegado y regalarle mi lugar en la ciudad, cederle el puesto. Que tomara mi casa, que le hiciera cariño a Ella, que la sacara a pasear, que se quedara con Amanda y, si tenía suerte, que fuera su sexta o séptima mujer, que se quedara con el clotiazepam de la decana o con los contrabajistas que entraban y salían como duendes de ese mundo imposible. Yo, en cambio, me contentaría con otros dos trajes de lana escocesa, que me convertirían de inmediato, y por arte de magia, en el posible sucesor de la decana.

Me dio la espalda, entonces, y caminó hasta un jeep negro, grande y con cadenas en las ruedas. Pensé entonces que quizás ya era hora de volver a lo mío, de terminar mi libro sobre la ironía en la arquitectura paraguaya, que avanzaba lento no porque me lo tomara con calma, sino porque volver a la normalidad estaba resultando más difícil de lo esperado.

Antes de perderlo de vista, cuando doblaba para salir del valle y las luces delanteras de su auto iluminaban una pista de esquí, bajó la ventana del copiloto y sacó un brazo con el rifle en alto, sosteniéndolo con escándalo, como si me invitara a una victoria que no alcanzaba a ver.

Diría que gritó algo, aunque tampoco estoy seguro.